Steven Bloom

Mendel Kabakov und das Jahr des Affen

Unkorrigiertes Leseexemplar
für Buchhandel und Presse

Erscheint im August 2019

ca. 20,– € (D); 20,60 € (A)
ISBN 978-3-8353-3443-4

Liebe Kolleginnen und Kollegen in den Medien,
bitte beachten Sie die Sperrfrist für Rezensionen:

5.8.2019

Falls Sie vor der Frist über das Buch berichten möchten,
bitten wir Sie, mit uns Kontakt aufzunehmen.

Liebe Kolleginnen und Kollegen im Buchhandel,
wir freuen uns über Ihre Leseeindrücke
per mail an info@wallstein-verlag.de.

Steven Bloom

Mendel Kabakov und das Jahr des Affen

Roman

Aus dem amerikanischen Englisch
von Silvia Morawetz

WALLSTEIN VERLAG

Wir tasten an der Wand entlang wie die Blinden und tappen wie die, die keine Augen haben. Wir stoßen uns am Mittag wie in der Dämmerung.

Jesaja 59,10

Die höchste Form der Weisheit ist Freundlichkeit.

Talmud: Berekoth 17a

Lass mich von keinen Hindernissen hören,
Die treuer Seelen Ehebund bedräun.

William Shakespeare, Sonett 116

Fünfmal zu Boden, sechsmal wieder auf.

Chinesischer Glückskeks

1.

Hast du was gegessen, Mendel?, war unser letzter privater Witz. Isaac Bashevis Singer, der oft die Tauben auf dem Broadway fütterte, hatte bereits alles Nötige über Liebe und Ehe geschrieben, als er die im Sterben liegende Scheindel mit letzter Kraft zu ihrem Mann sagen ließ: »Ezriel, hast du was gegessen?« Und so sagte auch Sonia in dem Zimmer, das sie und ich siebenundvierzig Jahre lang geteilt hatten, im Beisein von unserem Sohn Sammy und unserer Tochter Eva etwas, das eigentlich nur ich wirklich verstand.

*

Ich war schon lange, um es mit Mordecai Richler zu sagen, *Jude nur noch, wenn es ans Verfolgtwerden ging.* Trotzdem beschloss ich, Schiwa zu sitzen. Ich saß Schiwa, weil ich nicht wusste, was ich sonst tun sollte.

Alle kamen: entfernte Vettern Sonias, Nachbarn, sämtliche Angestellte aus dem Gebäude, ehemalige Kollegen. Sogar Brewster. Brewster, über dreißig Jahre lang Kollege, konnte mich nicht leiden, weil ich Jude war. Mit derlei konnte man sich in New York aber nicht mehr blicken lassen. Zum Glück hatte er noch andere Gründe, mich nicht leiden zu können. Auf Befragen hätte er geantwortet, meine »Ansichten« verzerrten Amerikas Vergangenheit, weil ich »Gräuel« herausstellte und übersah, was Amerika einzigartig unter den Völkern machte. Wozu sollte es gut sein, Studenten zu erzählen, dass eine Freiwilligen-Miliz in Colorado, befehligt von Oberst J. M. Chivington, der methodistischer Priester war, eine gehisste weiße Fahne nicht zur Kenntnis nahm und in Sand Creek vierhundertfünfzig Cheyenne, Männer, Frauen und Kinder, abschlachtete?

Musste man ihnen sagen, dass die Toten und die Sterbenden zudem noch skalpiert wurden? Mussten sie wirklich wissen, dass die Soldaten den Frauen die Geschlechtsorgane herausschnitten und auf Pfähle spießten oder unter ihren Hüten trugen?

Auch wenn, hätte Brewster erklärt, gewiss entsetzliche Dinge geschehen seien (*Denn alle haben gesündigt und sind hinter Gottes Herrlichkeit zurückgeblieben*) und ein ehrlicher Historiker die nicht auslassen dürfe, komme es darauf an, das große Ganze nicht aus den Augen zu verlieren. Wenn eine philopietistische Geschichte mit dem Verstand nicht zu rechtfertigen war, galt das für ihr Gegenteil genauso. Die Besiedlung des Westens war nicht bloß eine Geschichte der Grausamkeiten. Sie war auch eine Geschichte der Möglichkeiten, die Amerika Millionen bot, die sie sonst nirgendwo auf der Welt gehabt hätten.

Brewster hätte angemahnt, jemand wie Mendel Kabakov, dessen Familie ja selbst den Schrecken von Pogromen entkommen war, die von der Regierung auch noch befeuert wurden (was Mendel Kabakov und sein Volk in den Vereinigten Staaten nie erleben mussten), könnte dem Land, das ihm so viel gegeben habe, sogar die Freiheit, es zu kritisieren, ruhig etwas dankbarer sein.

Brewster fand, ich sei nicht antikommunistisch genug. Nicht nur, dass ich den christlichen Gott ablehnte, ich sei auch zu nachsichtig mit dem kommunistischen Teufel. Das stimmte aber einfach nicht. Mich hat immer erschüttert, wie bereitwillig intelligente und herzensgute Männer und Frauen annahmen, dass die Äußerungen eines militanten Antikommunisten wie Brewster über sowjetische Gräuel falsch sein mussten. Sie wollten nicht glauben, dass Menschen in den Gulag geschickt und Kulaken hingerichtet wurden und dass man Ukrainer Hungers sterben ließ.

Ich erzählte den Witz, in dem Stalin eine Frau zu ihrem hundertsten Geburtstag besucht und verspricht, ihr jeden Wunsch zu erfüllen. Wenn ich sterbe, sagt sie, möchte ich eine schöne Todesanzeige. Sie bekommen eine ganze Seite in der *Prawda*, sagt Stalin. Aber wenn Sie die da reinsetzen, glaubt kein Mensch, dass ich tot bin.

Wenn ich den Witz erzählte, wollten diese intelligenten und herzensguten Leute ihn nicht verstehen.

*

Brewster und Sonia lernten sich auf einer Party kennen, die Benson für Fakultätsangehörige und ihre Frauen gab. Benson war eine der führenden Autoritäten zur Shang-Dynastie. Kollegen unseres Fachbereichs gehörten zu den wenigen in New York, einer Minderheit sogar unter Historikern, die überhaupt irgendetwas über die Shang sagen konnten.

Ah, ja, die Shang. Großartige Ackerbauern. Weizen, Hirse, Sojabohnen, Gerste und eventuell sogar Reis. Großartige Bronzekünstler. Hegten jedoch eine übertriebene Neigung zum Darbringen von Opfern. Ihre üblichen Opfergaben waren Rinder, Schafe, Schweine und Hunde; zu besonderen Anlässen opferten sie aber auch gleich mal hundert Menschen. Die Geister der Shang waren überaus anspruchsvoll, und zwischen ihnen und den Menschen zu vermitteln war überaus heikel. Schamanen, ob Männer oder Frauen, wurden ihrerseits geopfert, wenn es ihnen nicht gelang, die Geister zu besänftigen.

Der große Vorteil für den Shang-Experten, sagte Benson gern, ist, dass so wenig über sie bekannt ist. Hatte man die *Bambus-Chronik* gelesen und die zweitausend Schriftzeichen gelernt, die man benötigt, um die Orakelknochen zu entziffern, und hatte man sich mit den raffinierten Waffen und Bronzen vertraut gemacht, die aus dieser Kultur überliefert sind, wusste man das meiste, was es derzeit über sie zu wissen gab.

Brewster hingegen hatte sich seine eigenen Vorfahren, die Puritaner, ausgesucht. In Bezug darauf, was es über sie zu wissen gab, waren sie allerdings kein Vergleich mit den Shang. Die Puritaner waren hochgebildet und nicht weniger streitlustig. Häufig trugen sie ihren Streit im Druck aus. Auf Roger Williams' *Das blutige Prinzip der Verfolgung aufgrund des Gewissens* antwortete John Cotton mit *Das blutige Prinzip, im Blut des Lamms gewaschen und weiß gemacht*, worauf Roger Williams seinerseits wieder mit *Das blutige Prinzip, noch blutiger* replizierte. Zusätzlich zu diesem Gedankenaustausch gab es Briefe und Tagebücher, Predigten und Gerichtsakten, Erbauungsschriften und Chroniken. Eine bedeutende Gestalt in so einer Chronik, der Schrift *Über die Kolonie Plymouth* von William Bradford, hieß William Brewster. Brewsters Namensvetter war 1620 mit seiner Frau Mary und den gemeinsamen Söhnen Wrestling und Love auf die Mayflower gekommen. Brewster tat zwar so, als ob er nicht ungemein stolz auf seine Herkunft wäre, aber das nahm ihm niemand ab. Mit seinem leichten britischen Akzent wollte er sich zweifellos von denen abheben, deren Altvordere erst viel später in Amerika gelandet waren.

Wenn Sonia lächelte, war das viel aufrichtiger als das Lächeln der Leute, die mit ihrem nur das häufig unaufrichtige Lächeln anderer nachahmten. Sonia lächelte, und Brewster lächelte ebenfalls. Sie streckte die Hand aus, wie man es ihr beigebracht hatte, und Brewster umfasste sie mit beiden.

Kurz darauf schlenderte ich weiter. Bei Geselligkeiten

unterhielten wir uns meistens mit anderen Gästen. Ich schlenderte allerdings nicht bis außer Hörweite, und trotz eines Gesprächs mit Cartwright, unserem Mediävisten, einem Mann, der in einem fort das, wie man heute sagt, Mantra von der Dummheit der Studenten sang, konnte ich Sonia und Brewster zuhören, da man sich an Gesprächen mit Cartwright nicht zu beteiligen brauchte.

Als erstes erkundigte sich Brewster bei Sonia nach ihrer Familie, weil er erwartete, sie werde sich umgekehrt auch nach seiner erkundigen. Sie erzählte ihm, ihre Großeltern seien Mitte des neunzehnten Jahrhunderts aus Deutschland eingewandert, erwähnte aber, weil es für sie wie Prahlerei geklungen hätte, keine ihrer außerordentlichen Leistungen. Nachdem Brewster gesagt hatte, was er immer sagte, wenn sich die Gelegenheit dazu bot, zeigte das Zögern in seiner Stimme, dass er sich nicht ganz sicher war, welche Art Smalltalk mit jemandem wie Sonia angebracht war.

Sehende wollen über das Leben von Blinden immer sehr viel wissen, Brewster war aber klar, dass er so tun musste, als hätte er nicht bemerkt, dass Sonia blind war. Smalltalk ist ja in erster Linie dafür da, eventuell unangenehme Themen zu vermeiden. Blind zu sein war zweifellos unangenehm.

Franklin Delano Roosevelt, dessen niederländische Ahnen vor fast ebenso langer Zeit nach Amerika gekommen waren wie die Brewsters, war jetzt Präsident. Schon nannten seine Widersacher ihn »Rosenfeld«. In Deutschland war ein Mann namens Adolf Hitler, der nie ein öffentliches Amt bekleidet und zehn Jahre zuvor sogar einmal im Gefängnis gesessen hatte, gerade Kanzler geworden. Da Sonia mit jemandem wie mir verheiratet war, waren Roosevelt und die Wahrheit über ihn für Smalltalk mit ihr unpassend. Hitler jedoch hielt Brewster, unglaublich, aber wahr, für geeignet.

Was, sagte er, halten Sie von dem neuen deutschen Kanzler?

Was ich von einem Mann halte, für den die Deutschen eine Herrenrasse sind?, sagte Sonia. Wenn Sie sein grauenhaftes Deutsch ertragen, lesen Sie *Mein Kampf* einmal. Das ist ein Hexengebräu aus unsinnigen und gefährlichen Ideen.

Ich vermute, heute sind Politiker weniger wegen ihrer Ideen bekannt. Im achtzehnten Jahrhundert gab es in diesem Land politische Führungsgestalten, die glänzende Denker waren, aber die Zeiten sind, fürchte ich, lange, lange vorbei.

Diese Männer mögen glänzende Denker gewesen sein, sagte Sonia, aber viele von ihnen waren moralisch blind.

Andere passten zwar sehr auf, das Wort »blind« im Gespräch mit Sonia zu vermeiden, sie hatte jedoch selbst keine Hemmungen, es zu verwenden.

Ich bin mir nicht sicher, ob ich Sie richtig verstehe, sagte Brewster.

Das leichte Flattern seiner Stimme verriet, dass das Gegenteil zutraf.

Für Jefferson waren Neger weniger wert als Weiße, sagte Sonia. Er glaubte genau wie Hitler an überlegene und unterlegene Rassen. Haben Sie seine *Betrachtungen über den Staat Virginia* gelesen?

Ich fürchte, sagte Brewster, das liegt ein wenig außerhalb meines Fachgebiets.

Es lag aber nicht außerhalb von meinem, und ich las Sonia oft vor, was ich selber las.

Jefferson, sagte sie, behauptete, es wäre bloß sein »Verdacht«, dass Schwarze in ihrer »körperlichen und geistigen Ausstattung« Weißen unterlegen seien, aber da er fähig war, zweihundert Menschen als bewegliche Habe zu behandeln, war es zweifellos mehr als ein bloßer »Verdacht«. Er fand auch, Neger seien »hässlich« und hätten »einen starken und unangenehmen Geruch«. Die Unabhängigkeitserklärung und die Verfassung haben Sie aber doch sicher gelesen.

Grundlegende Dokumente, sagte Brewster.

Grundlegende Dokumente, sagte Sonia, für eine Sklavenhaltergesellschaft.

Wir dürfen allerdings nicht verkennen, sagte Brewster, dass diese Männer uns die beste Regierung gaben, die die Welt je gekannt hat.

Das mag sein, sagte Sonia, aber es gereicht niemandem zur Ehre, wenn er zwar Freiheit für sich selbst wünscht, andere aber in Knechtschaft hält. Washington, Jefferson, Madison und all die anderen Sklavenhalter waren moralisch blind.

Brewster beeilte sich, zu Hitler zurückzukehren.

Vielleicht ist er gar nicht so schlecht, wie viele meinen, sagte er. Vielleicht ist er genau das, was die Deutschen brauchen. Jedenfalls ist er unser Verbündeter gegen Stalin. Mit Hitler können wir leben, die Kommunisten wollen aber die Welt beherrschen.

Sonia war klar, wie sinnlos eine Debatte über Hitler mit Brewster wäre, und fragte ihn deshalb nach den Puritanern, die Quäker hingerichtet hatten. Brewster erklärte, die Quäker seien doch hinreichend ermahnt worden und hätten sich ja wohl dafür entschieden, den Märtyrertod zu sterben.

Sie fragte ihn, warum die Puritaner nach dem Pequot-Krieg die männlichen Überlebenden getötet und die Frauen und Kinder nach Westindien in die Sklaverei verkauft hätten. Brewster erklärte, wir hätten nicht das Recht, Menschen, die vor dreihundert Jahren gelebt hatten, nach den Maßstäben der Gegenwart zu beurteilen.

Brewster schwante wohl bereits, dass Sonia ihn als nächstes nach den Hexenprozessen von Salem fragen würde. Er entschuldigte sich dafür, dass er sie so lange beansprucht habe, sagte, ihre Unterhaltung habe ihn wirklich gefreut, und lotste sie wieder zu mir.

Vierunddreißig Jahre später spürte ich Brewsters Tremor, als wäre es mein eigener. Er umfasste meine Hand mit seinen beiden wie einst die Sonias.

*

Ich war in den großen Lesesaal der Bibliothek in der 42. Straße gegangen und wollte mit Gedichten anfangen.

Wenn du nur einmal in würgendem Traum
Hinter dem Karren gingst, auf den wir ihn geworfen,
Die weißverdrehten Augen sähst, auf dem Gesicht
den Schaum,
Sein hängendes Gesicht wie eines Teufels krank von
Sündenschorfen,
Und hörtest du, wie ihm das Blut bei jedem Stoß
Gurgelnd aus schaumverstopften Lungen quillt,
Obszön wie Krebs und bitter wie ein fetter Kloß
Aus Rotz, wie Schwären auf reinen Zungen, die
nichts mehr stillt:
Nie würdest du, Freund, Kindern eine Story
Von Krieg und Ruhm servieren und den Rest
Des alten Lügenworts: Dulce et decorum est
Pro patria mori.

Im August 1914 hatte Präsident Wilson uns versichert, der Krieg, der unerklärlicherweise in Europa ausgebrochen war, habe mit uns nichts zu tun. Er forderte uns dazu auf, in Denken und Tun neutral zu bleiben. Ich hatte ihm 1912 meine Stimme gegeben, als ich zum ersten Mal alt genug war, wählen zu dürfen, und ich war froh darüber. 1916 gab ich ihm noch einmal meine Stimme. Sein Wahlkampfslogan war: *Er hielt uns aus dem Krieg heraus*. Doch zuletzt stellte er sich selbst ein Bein. Die Lüge, mit der er den Eintritt Amerikas in einen Krieg rechtfertigte, der bereits seit zweieinhalb Jahren Menschenleben verschlang, lautete, es wäre ein Krieg, der die Welt *demokratiefest* mache.

Im Mai 1917 verabschiedete der Kongress den *Selective Service Draft Act*, wodurch alle Männer zwischen einundzwanzig und dreißig Jahren zum Wehrdienst einberufen werden konnten. Ich war damals neunundzwanzig und kein Pazifist, aber überzeugt davon, dass sich der Eintritt Amerikas in diesen europäischen Krieg nicht rechtfertigen ließ. Wir hatten unseren Warenverkehr mit den Bündnispartnern aufgestockt und ihnen Kredite gewährt. Dadurch hatten wir in ihren Sieg investiert. Die britische Blockade sollte die Deutschen aushungern und zur Unterwerfung zwingen. Man musste damit rechnen, dass die Deutschen den uneingeschränkten U-Boot-Krieg wieder aufnehmen würden. Wenn er die Amerikaner wirklich aus dem Krieg hätte heraushalten wollen, hätte Wilson den Kongress dazu bringen müssen, den Handel mit allen Kriegsteilnehmern und Reisen durch das Kriegsgebiet einzustellen. Das Zimmermann-Telegramm war, selbst wenn es authentisch war, als Grund für den Kriegseintritt lächerlich. Einige Amerikaner hatten sich wissentlich und überflüssigerweise in Gefahr gebracht. Das war kein legitimer casus belli.

Wilson jedoch machte sich daran, seinen Leichtsinn zu einer Grundsatzfrage aufzublasen.

Wir werden nicht den Weg der Unterwerfung wählen und zulassen, dass die heiligsten Rechte unserer Nation und unseres Volkes missachtet oder verletzt werden …

Das Unrecht, gegen das wir jetzt aufstehen, ist kein übliches Unrecht; es schneidet in die Wurzeln des menschlichen Lebens.

Senator George Norris hatte besser erfasst, worum es ging.

Wir ziehen unter dem Kommando des Goldes in den Krieg. Schon bald werden wir das Dollarzeichen in die amerikanische Flagge einfügen.

Mit seiner Erklärung, dass die *Welt demokratiefest gemacht* werden müsse, erkannte Wilson die Legitimität der französischen und der englischen Weltreiche widerspruchslos an, die, wie George Orwell später schrieb, *im Wesentlichen nichts anderes als Instrumente zur Ausbeutung billiger farbiger Arbeitskraft* waren.

Ich hatte ausgezeichnete Gründe, nicht kämpfen zu wollen. Zu diesen ausgezeichneten Gründen kam noch hinzu, dass mir meine große Angst bewusst war. In einem Krieg wurden Menschen grausam verstümmelt. Sie wurden blind. Ihr Leben endete, bevor sie es ganz gelebt hatten. Und wegen meiner großen Angst konnte ich mir nicht sicher sein, dass meine »ausgezeichneten Gründe« nicht eigentlich Rechtfertigungen waren.

Ich rechtete in talmudischer Weise mit mir selber. Nicht für eine Sache sterben zu wollen, an die man nicht glaubte, war nur vernünftig. Es gab Dinge, vor denen Menschen Angst haben sollten. Wenn große Gefahr drohte, war Weglaufen nicht schändlich.

Manchmal war ich überzeugend. Ich erwog, mich auf

Kriegsdienstverweigerung aus Gewissensgründen zu berufen, was der *Selective Service Draft Act* von 1917 jedoch nur Quäkern, Mennoniten und Mitgliedern einer Brüderkirche zugestand. Juden hatten keine biblischen Texte, in denen gegen den Krieg Stellung bezogen wurde – ganz im Gegenteil. Ich erwog, aus dem Land zu fliehen: In dem Fall müsste ich aber meine Bücher und mein Stipendium drangeben, das Leben, für das ich mich entschieden hatte. Und da war noch etwas. Ich wollte kein Feigling sein. Der Gedanke, dass ich vielleicht einer wäre, beschämte mich tief. Dieser Krieg, so mein abschließendes Fazit, wurde ein Test.

Heute sieht man überall ein Plakat mit der, meint man, rein rhetorischen Aufforderung:

STELL DIR VOR, ES IST KRIEG UND KEINER GEHT HIN. Aber wenn Krieg ist, gehen die Leute immer hin.

Vielleicht wäre ich, wenn ich weiter Zwiesprache mit mir gehalten oder wenn ich jemanden zum Reden gehabt hätte, zu dem Schluss gelangt, dass es weniger schlimm war, ein Feigling zu sein als ein Mörder.

Als Kind hatte ich gelernt, meine Sinne abzuschalten. Ich konnte den Lärm in unserer Straße und in unserem Haus ignorieren, den vor sich hin faulenden Müll überall und die stinkenden Aborte auf jeder Etage. Ich hatte auch gelernt, die Augen vor allem zu verschließen, was ich nicht sehen wollte: einen alten Mann, der sich im Rinnstein erleichterte; das wutverzerrte Gesicht eines Mannes, der seine Frau anschrie; einen Mann, der mit einem Stock auf ein Pferd einschlug. Wie mein Vater zog ich Bücher der Welt um mich herum vor.

In Frankreich war es nicht immer möglich, die Welt um mich herum zu ignorieren. Es war dort, wo ich zum ersten Mal den Tod sah. Ein Mann lag auf der Straße. Er hatte nur noch einen Fuß. Ansonsten sah er aus, als schliefe er. Wir marschierten ohne anzuhalten an ihm vorüber, und ich sah nicht hin. Ich gewöhnte mich bald an den Anblick von Toten, sogar von toten Pferden.

Man konnte sich manchmal schon vorsehen, aber wir wussten alle, dass das eigentlich keine Rolle spielte. Glück war das einzige, was einem das Leben rettete. Alle glaubten mehr an Glück als an alles andere.

Die Angst hat mich zwar nie verlassen, in die Hose gemacht hab ich mir aber nie. Und da ich so viel über den Krieg gelesen hatte, war nichts von dem, was ich sah, völlig unerwartet. Ich erfuhr auch, wie leicht es mir fiel, auf einen anderen Menschen zu schießen.

Einige meiner Kameraden konnten die Briefe nicht lesen, die sie bekamen, und auch keine beantworten. Diese Soldaten waren dankbar für meine Hilfe. Sie waren auch beeindruckt von meiner Fähigkeit, deutsche Gefangene zu befragen, ja die Gefangenen selbst beglückwünschten mich meist dazu, wie gut ich deutsch sprach. Einmal nahmen wir einen Juden aus Frankfurt gefangen. Ich stellte ihm die üblichen Fragen, und er gab mir die üblichen Antworten. Aus irgendeinem Grund kam es uns beiden nicht seltsam vor, dass ein deutscher Jude und ein amerikanischer Jude sich gegenseitig umbringen wollten, der eine im Namen Kaiser Wilhelms, der andere im Namen Präsident Wilsons.

In Belgien erzählte man uns, die Deutschen hätten Säuglinge umgebracht, indem sie die Schädel unter ihren Stiefeln zertreten hätten. Es hieß auch, sie massakrierten ganze Städte, töteten Männer, Frauen und Kinder, wie Josua es nach der Eroberung Jerichos getan hatte. Die Deutschen verfütterten die zermalmten Körper der Toten danach an die Schweine. Wir hörten auch, dass Gurkha- und Sikh-

Einheiten, die auf unserer Seite standen, den Deutschen die Kehle durchschnitten und das Blut tranken, und dass die Senegalesen, die auf Seiten Frankreichs kämpften, Kannibalen waren. Nichts davon fiel uns schwer zu glauben.

Ich hatte gelernt, dass Angst zu haben nicht bedeutete, ein Feigling zu sein, doch als der Krieg schließlich endete, scherte ich mich nicht mehr darum, ob ich ein Feigling war oder nicht.

Wilson kam nach Paris und verhandelte über einen, wie er hoffte, dauerhaften Frieden. Ein neunundzwanzigjähriger Vietnamese, zu dem Zeitpunkt unter dem Namen Nguyen Ai Quoc bekannt, hatte ihn sprechen wollen. Er hatte eine Petition verfasst, die Freiheit und Demokratie für die französischen Kolonien in Indochina forderte. Wilsons »Demokratie« war jedoch wie Jeffersons »Gleichheit« – nicht für jeden gedacht. Nguyen Ai Quoc hatte ein Jahr in den Vereinigten Staaten gelebt. Er und Wilson hätten sich auf Englisch unterhalten können. Zwanzig Jahre später änderte Nguyen Ai Quoc seinen Namen noch einmal. Diesmal wählte er Hồ Chí Minh.

*

Ich notierte mir viele Gedichte auf 5 × 8-Karteikarten, sogar eines von Ezra Pound, gerade veröffentlicht, in dem er wie Wilfred Owen einen höhnischen Kommentar zu Horaz gab.

Manche starben, »pro patria«,
nicht »dulce«, nicht »et decor« …
schritten bis an die Augen hinan in der Hölle,
glaubten die Lügen der Greise, kehrten dann heim

ohne Glauben, heim zu der Lüge,
heim zu vielfachem Trug,
zu alten Lügen, neuer Niedertracht;
Wucher steinalt und versteint
und Lügner von Amts wegen.

Es war schon damals kein Geheimnis, was Pound mit »Wucher« sagen wollte. Später behauptete er, die Juden seien für die Entstehung von Wirtschaftskrisen und den Ausbruch von Kriegen verantwortlich.

*

Nach vielen in Stille verbrachten Stunden konnte ich den Lärm der Autos und der Busse auf der Fifth Avenue nicht überhören. Vor lauter Menschen auf der Straße war der Bürgersteig nicht zu sehen. Die Leute gingen so schnell, dass man nicht gewagt hätte, stehenzubleiben und sich die Schnürsenkel zu binden. An der südwestlichen Kreuzung zur 42. Straße überquerte eine Frau, die trotz des bewölkten Himmels eine Sonnenbrille trug, die Straße jedoch nicht mit allen anderen. Die Frau hielt einen weißen Stock in der Hand, wie ich ihn in Frankreich oft gesehen hatte.

*

Wäre ich in Bels aufgewachsen, hätte mein Vater für mich, sobald ich vierzehn geworden war, eine Ehe mit einem sogar noch jüngeren Mädchen aus einer ebenso orthodoxen Familie arrangiert. Mich zu meiner Frau zu legen wäre ebenso Teil meines Lebens geworden wie das Schacharis, das Mincha und das Maariv zu sprechen.

Brewster lag falsch, wenn er meinte, ich wüsste nicht zu

schätzen, welche Möglichkeiten Amerika Millionen geboten hatte.

In einem Witz geht ein Jude, soeben vom Schiff gestiegen, an seinem ersten Schabbes in Amerika auf der Lower East Side spazieren. Auf einer Parkbank sieht er einen Mann, der eine jiddische Zeitung liest. Der Mann hat aber keinen Hut auf, er hat auch keinen Bart und raucht eine Zigarette. Am nächsten Tag schreibt der Jude einen Brief nach Hause. Liebe Mama, Amerika ist ein wunderbares Land. Sogar die Gojim können Jiddisch.

In Amerika, hatten die Rabbis gemahnt, lief ein Jude Gefahr, seine Jiddischkeit zu verlieren. Pogrom wiederum war das eine russische Wort, das jeder Jude verstand. Anders als der Mann auf der Parkbank war mein Vater jedoch entschlossen, Jude zu bleiben, sogar in Amerika.

Höre, Israel, der Herr ist unser Gott, der Herr allein. Und du sollst den Herrn, deinen Gott, von ganzem Herzen lieben, aus ganzer Seele und mit ganzer Kraft. Und diese Worte, die ich dir heute gebiete, sollst du dir zu Herzen nehmen und sollst sie deinen Kindern einschärfen und davon reden, wenn du zu Hause sitzt und wenn du auf der Straße gehst, wenn du dich schlafen legst und wenn du aufstehst. Und du sollst sie binden zum Zeichen um dein Handgelenk, und sie sollen dir ein Merkzeichen zwischen den Augen sein, und du sollst sie auf die Türpfosten deines Hauses und an deine Tore schreiben.

Für meinen Vater änderte sich daran nichts, auch wenn er jetzt an der Lower East Side wohnte. Er legte jeden Morgen die Tefillin an, an unserem Türpfosten war eine Mesusa angebracht, und er gab seinem Sohn unermüdlich weiter Anleitung.

Ich konnte das Hebräisch, in dem Gott zum Volk der Juden gesprochen hatte, viel früher lesen als *Bei Adams Fall sündigten wir all'* in McGuffeys *Eclectic Reader*. Doch als ich älter wurde, machte mir manches, was ich in der hebräischen Bibel las, sehr zu schaffen. Gott befiehlt Abraham, seinen Sohn Isaak, seinen einzigen Sohn, wie es in der Thora heißt, obwohl Ishmael ebenfalls sein Sohn war, ins Land Morija zu bringen und ihn dort zu opfern. Und Abraham stellt das nicht in Frage. Er fragt nicht, warum er einem Gott, der so ein Opfer von ihm verlangt, gehorchen soll. Es ist aber, stellt sich heraus, nur ein Trick, nur ein Spiel, das Gott spielt. Und weil er fraglos bereit war, seinen Sohn zu töten, wurde Abraham als Stammvater des hebräischen Volkes ausersehen.

Zu schaffen machte es mir auch, als ich las, dass ein Mann, der am Schabbes Holz gesammelt hatte, zum Tode durch Steinigen verurteilt wurde. Nach Abraham und Isaak hatte ich meinen Vater nicht fragen wollen, doch nach dem Mann fragte ich ihn.

Er hatte willentlich gesündigt, sagte er. Der Mann verdiente zu sterben.

Im Dewarim wurden ungehorsame Söhne ebenfalls zum Tod durch Steinigen verurteilt. Auch wenn diese Strafe durch talmudische Auslegung de facto nicht durchsetzbar war, blieb ich weiter ein gehorsamer Sohn bis zu einem Morgen im Jahre 1904, als ich zu früher Stunde aus unserer Wohnung in der Christie Street floh und nur die englische Sprache mitnahm. Ich hatte mir sogar die Pejes abgeschnitten.

An diesem Morgen ging ich immer weiter, bis ich zu einem großen Park kam. Ich hatte so großen Hunger, dass ich ein im Gras liegendes Stück Brot aß. In einer Mülltonne fand ich einen halben Apfel und in der Nähe eines

Baums ein paar Erdnüsse. Den Rest des Tages verbrachte ich mit der Suche nach etwas Essbarem. Nachts legte ich mich auf eine Bank. In meinem Traum sah ich eine riesige Mülltonne, die direkt vor unserem Haus stand. Ich mühte mich mit dem Deckel ab, weil ich hoffte, etwas zu essen zu finden, aber es lagen nur hebräische Bücher darin.

Drei Tage lebte ich in dem Park, ständig auf der Suche nach etwas Essbarem. Ich fand auch immer etwas, aber nie genug. Zum ersten Mal in meinem Leben brauchte ich Geld.

Nördlich des Parks lag Harlem, damals ein anständiger Vorort, in dem hauptsächlich Deutsche lebten. Auf einem Schild stand: *Keine Juden und keine Hunde*.

Meine Sachen stanken inzwischen. Ich sah Kleidung, die auf einer Wäscheleine trocknete, brauchte jedoch viele Minuten, ehe ich mich zum Stehlen überwinden konnte. Ich wartete, bis niemand zu sehen war, und riss die Wäscheklammern von einer Hose und einem Hemd.

In meiner gestohlenen Kleidung fragte ich einen alten Mann, der vor einem Warenhaus den Bürgersteig fegte, ob er wisse, wo ich eine Arbeit finden könne. Der Mann sagte etwas, aber sein Akzent war so stark, dass ich ihn nicht verstand. Ich sprach ihn auf Jiddisch an, und er lächelte.

Er nahm meinen Arm und führte mich zu einem Seiteneingang.

Geh ruhig hinein, sagte er, du wirst nicht gefressen.

Drinnen gab es viele Türen. Ich überlegte noch, an welche ich klopfen sollte, als eine aufging und ein Mann herauskam, der wie unser Schuldirektor angezogen war.

Wie alt bist du?, sagte er.

Sechzehn, sagte ich.

Bist du bereit, ein ehrliches Tagwerk zu tun?

Ja, Sir, antwortete ich, wie Miss Callahan es uns beigebracht hatte.

Warte hier, sagte er.

Als er wiederkam, drückte er mir ein Sandwich in die Hand, eingewickelt in Wachspapier.

Iss das erst mal, sagte er.

Mr. Blumstein, dessen Vater das Kaufhaus besaß, besorgte mir einen Schlafplatz in der Wohnung von irgendwem und zahlte mir meinen ersten Wochenlohn im Voraus. Ich dachte damals, er müsse ein Lamedwownik sein, einer der sechsunddreißig Gerechten, von denen das Bestehen der Welt abhängt.

*

Jitzak rauchte am Schabbes Zigaretten, aß, worauf er Lust hatte und bezahlte Frauen dafür, dass er etwas tun konnte, was ich mir, bevor ich ihn kennenlernte, nicht einmal hatte vorstellen können. Mit Frauen auszugehen, erklärte er mir eines Abends in dem Restaurant, in dem wir für zehn Cent zu Abend aßen (Topfbraten, Rindergulasch, Lammbrust, Corned Beef und Weißkohl, Kalbsbraten, Hühnerfrikassee, immer mit Brot, Butter, Kartoffeln und Gemüse serviert, auch wenn ich die Butter nie nahm), sei viel zu aufwendig. Man musste Geld für sie ausgeben und verplemperte viel Zeit dafür, und bevor sie einen auch an sich ranließen, musste man ihnen versprechen, sie zu heiraten. Die Frauen, zu denen er ging, erwarteten bloß fünfzig Cent.

Ich hatte schon verwirrende Träume gehabt, und manchmal war meine Unterwäsche beim Aufwachen verklebt. Ich hatte einen ganzen Traktat des Talmuds gelesen, in dem es um die ehelichen Beziehungen zwischen Mann und Frau ging, jedoch nur wenig verstanden. In meiner Kindheit und frühen Jugend hatte ich außer dem Gesicht und den Händen nie etwas von einer Frau gesehen. Eine Frau im Minirock, die mir in der Subway gegenübersaß, die Beine züchtig übereinandergeschlagen, damit man ihre Unterwäsche nicht sah, zeigte mehr weibliches Fleisch, als ich in all den Jahren an der Lower East Side gesehen hatte.

Jitzak erzählte mir, die meisten dieser Frauen seien Jüdinnen. Ich tat mich schwer, das zu glauben. Heute weiß ich aber, dass es in der Zeit, in der ich aufwuchs, viele jüdische Prostituierte gab, sogar in Europa. Bertha Pappenheim, Freuds »Anna O.«, schätzte, dass mindestens dreißig Prozent der Prostituierten in Galizien jüdisch waren. Während des russischen Kaiserreichs war im Ansiedlungsrayon Schätzungen zufolge ein Viertel der Prostituierten jüdisch. Und als die Dillingham Commission eine Untersuchung zu den zweitausend Prostituierten durchführte, die 1908 in der City of New York vor Gericht standen, stellte sie fest, dass drei Viertel jüdisch waren.

Alles das erfuhr ich viele Jahre später.

*

Ich schloss die Highschool ab, während ich tagsüber bei Blumstein's arbeitete und abends die Abendschule besuchte. Danach bekam ich einen Job bei der Post, wo ich in der Nachtschicht arbeitete, während ich tagsüber ans City College ging. Ich mietete ein preiswertes Zimmer, aß einfach und kaufte gebrauchte Kleidung. Mein Körper hatte aber gewisse Bedürfnisse, die sich nicht ignorieren ließen. Wenn ich lesen wollte, aber nicht genug gegessen hatte, bekam ich Kopfschmerzen. Wenn ich nicht genug geschlafen hatte, schlief ich ein. Und wenn ich das Verlangen hatte, mit einer Frau zusammen zu sein, konnte ich an nichts anderes mehr denken.

Ungefähr ein Jahr lang ging ich einmal die Woche zu derselben Frau. Sie sagte, ihr Name sei Belcha. Sie lächelte immer und sagte, sie freue sich, mich zu sehen, aber ich erfuhr nichts über sie, und sie erfuhr nichts über mich.

Es war während dieser Jahre, in denen ich arbeitete, studierte und mit Frauen wie Belcha zusammen war, dass ich aus Gründen, die ich damals nicht verstand und ein reichliches halbes Jahrhundert später immer noch nicht ganz verstehe, den Entschluss fasste, meine Eltern zu besuchen. Da ich mich von der Lower East Side fernhielt und meine Eltern nie anderswohin kamen, hätte ich ihnen für den Rest meines Lebens aus dem Weg gehen können.

Trotz des *Seid fruchtbar und mehret euch*, Gottes erstem Gebot, war ich Einzelkind. Nach dem Warum zu fragen hatte ich mich natürlich nie getraut.

Mein Vater schätzte Gehorsam. Den seinen gegen Gott und den meinen und den meiner Mutter gegen ihn. Er schätzte Frömmigkeit, harte Arbeit und klagloses Dulden, und hätte er noch in Bels gelebt, als er in meinem Alter war, hätte er im Arbeits- und Vernichtungslager in Cieszanów den Tod gefunden und nach wie vor an Gottes Versprechen geglaubt, die Gerechten zu belohnen. Er hätte nicht erfahren, dass die amerikanischen Juden, von denen viele ihre Jiddischkeit preisgegeben hatten, verschont blieben, während die orthodoxen Juden in Europa zu Millionen ermordet wurden.

Und meine Mutter? Was wusste ich überhaupt von meiner Mutter? An Zärtlichkeit erinnere ich mich nicht, aber genau genommen erinnere ich mich auch nicht an viel. Über die Entwicklung der kindlichen »Persönlichkeit« machten sich Menschen wie meine Eltern keine Gedanken.

Bilde ein Kind in die Richtung heran, in die es gehen soll, lautete ihre Devise, *und wenn es älter ist, wird es davon nicht abweichen.*

Mein Vater weigerte sich, mit mir zu sprechen. Nachdem er die Wohnung verlassen hatte, setzten meine Mutter und ich uns an den Küchentisch. Es war der einzige Tisch, den wir besaßen. Dort machte ich meine Hausaufgaben, dort schnitt und rührte meine Mutter die Speisen, und dort konnte mein Vater allabendlich für wenige Stunden ein Gelehrter sein. Meine Mutter und ich sprachen die Sprache, die wir immer gesprochen hatten, eine Sprache, die mir damals fast ebenso fremd war wie das Französisch und das Englisch, das ich am College gelernt hatte. Ich war ein zweiundzwanzig Jahre alter Mann mit einem Bachelor in Amerikanischer Geschichte, doch als ich in unserer Küche jiddisch sprach, wurde ich wieder zu einem sechzehn Jahre alten Jungen, der seiner Mutter Kummer gemacht und seinen Vater erzürnt hatte.

*

Meine Stimme blieb unterhalb des Verkehrslärms, als ich sie fragte, ob sie Hilfe beim Überqueren der Straße brauche. Ich sei sehr nett, sagte sie. So eine klangvolle Stimme hatte ich noch nie gehört.

Die Ampel war gegen uns. Kaum war sie umgesprungen, überquerten wir schon die Fifth Avenue. Noch nie hatte eine Frau mich am Arm gehalten.

Auf der anderen Seite angelangt, fragte ich, ob ich sie dorthin begleiten dürfe, wohin sie unterwegs war. Ich wollte nicht, dass sie meinen Arm losließ. Sie dankte mir und sagte noch einmal, ich sei sehr nett.

Sie war auf dem Weg zur Grand Central Station und

wollte von dort mit dem Zug nach Tarrytown fahren, wo einer ihrer Onkel wohnte.

Aus irgendeinem Grund hatte ich diese Chance bekommen. Ich hatte den Ersten Weltkrieg überlebt und die große Grippeepidemie, die fast noch mehr Menschenleben gekostet hatte, und ich hatte den großen Lesesaal genau im richtigen Augenblick verlassen. Daher gehörte diese Chance mir, aber ich hatte nur einige Minuten, bevor keiner dieser Zufälle mehr von Bedeutung war.

Da ich nicht wusste, worüber ich sonst sprechen sollte, erzählte ich ihr, was ich in der Bibliothek getan hatte. Sie fragte, ob ich ihr eins der Gedichte vorsprechen könnte. Ich nahm das von Wilfred Owen.

Dulce et decorum est pro patria mori, sagte sie, ist in der Tat eine gewaltige Lüge. Plautus kam der Wahrheit schon viel näher, als er *homo homini lupus* schrieb.

Wie viel ich ihr nun sagen wollte!, aber ihr Zug stand auf dem Gleis, und ich hatte nur Zeit für: Ich würde Sie gern wiedersehen.

Warum, dachte ich, noch bevor sie etwas sagen konnte, hatte ich nicht »treffen« gesagt?

Sie öffnete ihre Handtasche und zog eine Visitenkarte heraus.

Vormittags, sagte sie, bin ich am besten zu erreichen.

2.

Am Todestag seines Vaters sprach mein Vater das Kaddisch, zündete eine Jorzajt-Kerze an und fastete. In Bezug auf den Tod sind Juden sehr vernünftig. Es gibt das

Schiwa-Sitzen und die jährlichen Rituale, übermäßiges Trauern aber ist ausdrücklich verboten. Das Leben geht immer vor. Kommen ein Trauerzug und eine Hochzeitsgesellschaft zur selben Zeit an eine Kreuzung, hat die Hochzeitsgesellschaft Vorfahrt.

Am ersten 4. April ohne Sonia zündete ich eine Jorzajt-Kerze an und beschloss zu fasten.

April ist der grausamste Monat, er treibt
Flieder aus toter Erde, er mischt
Erinnern und Begehren, er weckt
Dumpfe Wurzeln mit Lenzregen.

An T.S. Eliot war vieles verächtlich, doch an diesem grausamen Apriltag kamen mir seine Zeilen unwillkürlich in den Sinn.

*

Normalerweise schenkten wir unseren Geburtstagen keine große Beachtung (mein Vater hielt nichts davon, Geburtstag zu feiern), doch für Sonias Siebzigsten schien ein langer Spaziergang angemessen. Lange Spaziergänge unternahmen wir damals seit über vierzig Jahren. An dem Tag war der Battery Park an der Südspitze von Manhattan unser Ziel.

Wir gingen die West End Avenue entlang südlich bis zur 72. Straße und dann östlich zum Central Park. Wir durchquerten den Park und bogen an der Fifth Avenue Richtung Süden ab. Der Himmel war schon dunkel gewesen, als wir losliefen, und inzwischen war er noch dunkler, aber wir spazierten ja gern im Regen. In dem Punkt waren wir ein bisschen wie Kinder, die wissen, zu Hause wartet ihre

Mutter, die sie abtrocknet und ihnen heiße Schokolade zu trinken gibt.

Wir waren am Washington Park angekommen, als es zu regnen begann. Schachspieler räumten ihre Figuren in Kisten. Andere falteten ihre Zeitungen zusammen und spannten ihre Schirme auf.

Am Battery Park waren wir bis auf die Haut durchnässt, und unsere Schuhe quietschten. Nebel hatte die Freiheitsstatue zum Verschwinden gebracht. Wir hörten Nebelhörner und Möwen. Ich nahm Sonias Hand.

Weißt du, was ich jetzt am liebsten tun würde?, sagte sie.

Ja, sagte ich.

Würden sie uns dafür festnehmen?

Wahrscheinlich, sagte ich, würden sie bloß sagen, wir sollen uns anziehen.

*

Der Himmel war stechend grell. Ich ging durch den Central Park Richtung Fifth Avenue und weiter nach Süden, kam aber nicht weiter als bis zu unserer Ecke. Dort blieb ich stehen und sah der wieder und wieder umschaltenden Ampel zu. Meine Tage hatten keine Struktur mehr. Sie waren nun mit zu vielen Stunden gefüllt. Ich schloss die Augen und hörte das abgehackte Dröhnen der Autos und Busse.

Ein Soldat aus unserem Zug war bei der Explosion einer Mörsergranate blind geworden. In unserem Schützengraben probierte ich das Gehen mit einem Stock, aber jemand streckte den Fuß aus, und ich stolperte und fiel hin. Die anderen lachten.

Hitler, erfuhren wir alle später, als er berühmt wurde,

war durch Senfgas einmal zeitweilig blind gewesen. Was, wenn er dauerhaft blind geblieben wäre?

Wäre die Nase der Kleopatra kürzer gewesen, hatte Pascal geschrieben, *hätte das Antlitz der Erde ein anderes Aussehen bekommen.*

Ich spürte eine Hand auf dem Arm. Die Stimme gehörte einer jungen Frau.

Auf der anderen Seite angekommen, hätte ich sie sehr gern umarmt, streckte aber nur die Hand aus.

Mit immer noch geschlossenen Augen schlurfte ich die Fifth Avenue entlang. Als ich stehen blieb, stießen Leute an mich an. Einige entschuldigten sich, einige fluchten, und einige gingen einfach weiter.

Auf einem ungelenk beschriebenen Schild, das er um den Hals trug, stand:

MEINE TAGE SIND DUNKLER ALS DEINE NÄCHTE.

Ich hatte ihm alle meine Münzen in den Becher gelegt und mich geschämt, weil ich mir große Sorgen um eine Prüfung zu Shakespeare machte, während echte Glousters in den Subways von New York bettelten.

*

Bei fünfzig Seiten, die wir pro Abend lasen, brauchten wir für Anthony Trollopes *Can You Forgive Her?* zwei Wochen. Für *The Way We Live Now* brauchten wir schon fast drei Wochen. Wir unterhielten uns über Trollopes Figuren, als wären es Bekannte. Wenn wir einen seiner Romane zu lesen begannen, spürte Sonia vorher gern das Gewicht in der Hand. Nicht alle seine Bücher waren gleich gewichtig. *Septimus Harding, Spitalvorsteher*, das Sonia sehr gefiel, war an einem Tag zu schaffen.

Im großen Lesesaal saßen Hunderte Menschen, je zu

acht an einem Tisch und auf überraschend bequemen Holzstühlen, jeder für sich im Lichtkegel einer Lampe mit grünem Schirm, jeder so mit sich allein wie alle anderen. Es war einer der demokratischsten Orte auf Erden. Jeder konnte ohne Weiteres von der Straße hineingehen, einen Bestellzettel ausfüllen und fast jedes jemals geschriebene Buch lesen. Erwartet wurde, dass die Besucher sich ruhig verhielten und nicht schliefen, obwohl die Aufsichten Schlafende meist duldeten, sofern sie nicht schnarchten. Aber sogar die Demokratie hat Grenzen, und Personen, die schlecht rochen, wurden zum Gehen aufgefordert.

Es dauerte eine Weile, bis ich einen freien Platz gefunden hatte, aber schließlich hatte ich einen neben einer grauhaarigen Negerin.

Ich hatte erst wenige Minuten gelesen, als mein Magen zu knurren begann. Ich erwog, einen Zettel zur Erklärung zu schreiben, aber die Frau, neben der ich saß, war alt genug, zu verstehen, dass unsere Körper uns nicht immer gehorchen.

Ich las hundert Seiten, ohne aufzublicken, da musste ich wie John Bold, der gerade im Aufbruch nach Plumstead Episcopi begriffen ist, wo er eine wichtige Angelegenheit mit Dr. Grantly besprechen will, die Toilette aufsuchen. Ein Buch mit hinauszunehmen war nicht erlaubt, daher schrieb ich einen Zettel.

Bitte halten Sie mir den Platz frei. Ich bin gleich wieder da. Vielen Dank.

Ich schob den Zettel hinüber, und die Frau, neben der ich saß, nickte, aber ohne zu lächeln.

Sie blickte kurz auf, als ich zu meinem Platz zurückkam. Sonia und ich hatten zwar bereits für den United Negro College Fund, die National Association for the Advancement of Colored People und die Southern Christian Leadership Conference gespendet, in Gegenwart von Negern fühlte ich mich trotzdem nicht wohler, als sie sich in meiner zu fühlen schienen.

Ich kehrte zurück in Trollopes Welt, von der mir zwangsläufig aber immer weniger haften blieb. Anders als beim Anschauen eines Films oder der Betrachtung des Lebens selbst merkte man beim Lesen eines Buchs instinktiv immer sehr genau, wie weit man noch vom Schluss entfernt war. Ich hatte gerade zur letzten Seite umgeblättert, als die Frau, die neben mir saß, ihre Brille abnahm und in ein Brillenetui steckte. Sie nickte und schob den Stuhl zurück.

Als sie gegangen war, las ich Trollopes letzte Sätze noch einmal.

Es dauerte lange, bis die Einwohner von Barchester vergaßen, Mr. Harding mit dem altvertrauten Titel »Vorsteher« anzusprechen. Es war ihnen zur Gewohnheit geworden, »Herr Vorsteher« zu sagen, und sie ließen nicht leicht davon ab. »Nein, nein«, widersprach er immer, wenn er so genannt wurde, »nicht mehr Vorsteher, nur noch Kantor.«

Und dann sprangen meine Gedanken, warum auch immer, von Kantor zu einem Sonett von Countee Cullen:

Ganz sicher ist Gott gut und wohlgesinnt
und, wollte er, ließ er uns gnädig wissen,
warum der Maulwurf blind die Wege nimmt
und wir, sein Ebenbild, doch sterben müssen,
aus welchem Grund der arme Tantalus
geködert wird mit Obst vom scheuen Zweig,
ob nur die Laune zwingt den Sisyphus,
sich ewig hoch zu quälen auf dem Steig.
Unfassbar ist sein Weg und zu immun,
als dass ein Geist, verstrickt in simples Tun,
vermöge nur im Ansatz zu erfassen,

was Geistesmächte ihn bewirken lassen.
Und doch schuf er, was mich zum Staunen bringt:
den schwarzen Dichter, der zudem noch singt.

*

Die Frau vom Tisch neben mir saß auf einer Steinbank in der Rotunde.

Ich wollte, ich könnte meinen Vater dazu bringen, dass er wie Sie liest, sagte sie.

Ich war überrascht, als sie mich ansprach.

Wie alt ist er?, fragte ich.

Achtzig, sagte sie, und außer fernsehen tut er gar nichts. Er kann den ganzen Tag vor dem Fernseher sitzen. Früher hat er Bücher gelesen. Mein Vater ist kein ungebildeter Mensch. Aber er hat einfach resigniert. Meine Schwester meint, wir sollten ihn in ein Pflegeheim bringen, aber ihm fehlt nichts, er hat nur resigniert.

Wenn Sie einen Moment Zeit haben, würde ich Sie gern etwas fragen.

Sie rutschte an die Seite, und ich setzte mich.

Sie sind mehr oder weniger bestimmt dieselbe Generation wie mein Vater, sagte sie, wie bringen Sie es fertig, dass Sie den ganzen Tag lesen können?

Ich wüsste nicht, was ich sonst tun sollte, sagte ich.

Mir knurrte der Magen.

Es klingt, als könnten Sie etwas zu essen vertragen, sagte sie.

Ich schüttelte den Kopf.

Sie öffnete ihre Handtasche und zog zwei Dollarscheine aus ihrer Geldbörse.

Ich wollte, ich könnte Ihnen mehr geben, sagte sie.

In dem Augenblick kam ein Mann in die Bibliothek

gerannt und rief: Sie haben King umgebracht. Sie haben Martin Luther King umgebracht.

Seine Stimme hallte in der Rotunde wider.

Allmächtiger, flüsterte die Frau, neben der ich saß. Allmächtiger.

3.

Sie hatte mir ihre Visitenkarte gegeben, denn sonst hätte sie sagen müssen: Sie sind wohl verrückt? Und wenn ich anriefe, wäre sie genötigt zu sagen, sie sei beschäftigt. Oder wolle gerade verreisen. Oder fühle sich unwohl. So dass ich sie nicht bloß gezwungen hätte, höflich zu sein, sondern sie auch noch zum Lügen zwänge.

Und trotzdem ...

Warum hätte sie sagen sollen, vormittags bin ich am besten zu erreichen, wenn sie nicht gewollt hätte, dass ich anrufe?

*

Ich dachte erst, sie hätte mir aus Versehen die Adresse eines Museums gegeben. Aber eine Negerin in Hausmädchenuniform öffnete die Tür und führte mich in einen riesigen, prunkvollen Raum, in dem Sonia und eine ältere Frau auf einem Sofa saßen.

Eine andere Negerin hatte uns gerade Tee gebracht, da begann die ältere Frau, Sonias Mutter, mich schon auszufragen.

Womit verdiente ich meinen Lebensunterhalt? Wo

wohnte ich? Wer waren meine Eltern? Immerhin war mein Name Mendel Kabakov.

Deutsche Juden wie die Goldmans waren nicht erfreut gewesen, als Jiddisch sprechende Juden aus Russland und Polen in beispielloser Zahl in Amerika eintrafen. In ihren Zeitungen und Zeitschriften sprachen sie sich für eine Beschränkung der Einwanderung aus. Sie bezeichneten diese Juden als unamerikanisch und als asiatische Wilde. Da so viele ihrer Namen mit ki endeten, nannten sie sie bisweilen kikes.

Sagt ein russischer Jude zu einem anderen: Ich sehe dir am Bart an, dass es bei dir heute Kascha zu Mittag gab. Falsch, sagt der andere, gestern.

Treffen sich zwei polnische Juden vor dem Badehaus: Erstaunlich, sagt einer von ihnen, schon ein Jahr herum.

Da sie die Einwanderung der russischen und polnischen Juden nach Amerika nicht verhindern konnten, hielten es die deutschen Juden für notwendig, sie so schnell wie möglich zu amerikanisieren. Für Nichtjuden unterschied sich der eine Jude nicht vom anderen. Es kam zu Diskriminierung von Juden an Stellen, an denen es bisher keine gegeben hatte.

Die »Uptowner«, wie sie genannt wurden, errichteten einen fünfgeschossigen Gebäudeklotz auf dem East Broadway. Er beherbergte einen Hörsaal mit siebenhundert Plätzen, eine Bibliothek, Unterrichtsräume, eine Sporthalle, einen Dachgarten und Duschräume. Hier sollten Einwanderer Englisch lernen, und hier sollten sie lernen, sich wie Amerikaner zu benehmen.

Die Uptowner waren zwar bereit, Geld und sogar Zeit aufzuwenden, aber sie waren nicht darauf eingerichtet, ihre Kinder herzugeben. Ich war glattrasiert, sprach akzentfrei Englisch, hatte einen Doktor in amerikanischer Geschichte, trug einen anständigen Straßenanzug und wurde dennoch verhört wie ein vor die Inquisition gebrachter Marrane.

Als Mrs. Goldman für einen Augenblick weich wurde, wollte Sonia wissen, ob ich Shakespeare mochte. Zum Glück hatte ich den Kurs belegt.

Ja, sehr, sagte ich.

Haben Sie *Othello* gelesen?, fragte Sonia.

Ich nickte, bevor ich daran dachte, mit ja zu antworten.

Hatten Sie Verständnis für Othello selbst?

Ich glaube nicht.

Sind Sie denn noch nie eifersüchtig gewesen?

Ich glaube nicht.

Mrs. Goldman bezeichnete eifersüchtige Menschen als unreif. In über dreißig Jahren Ehe sei sie kein einziges Mal eifersüchtig gewesen. Sie konnte sich nicht einmal vorstellen, dass Mr. Goldman irgendetwas anderes war als loyal und treu, und sah keinen Grund, weshalb sie eifersüchtig sein sollte.

Aber wenn jemand die Treue des Ehepartners besonders betont, sagte Sonia, zeigt das doch, dass derjenige eifersüchtig ist. Wo Liebe ist, ist immer Eifersucht. Jehova rühmte sich seiner Eifersucht sogar.

Mrs. Goldman war nicht erfreut über die Wendung, die unser Gespräch nahm, und setzte ihr Verhör fort. Ich wurde gefragt, welcher Synagoge ich angehörte.

Ich sagte ihr, ich sei seit meinem sechzehnten Lebensjahr in keiner Synagoge mehr gewesen. Sie machte große Augen.

Sie erkundigte sich nach Tanten und Onkeln und schaute ebenso ungläubig, als ich sagte, ich wisse nicht, ob ich welche hätte.

In dem sich ausbreitenden Schweigen starrte ich Sonia an. Es war unwahrscheinlich, begriff ich, dass ich sie jemals wiedersehen würde. Sie hatte mich bloß zum Tee eingeladen, um mir für meine Hilfe zu danken. Sie erwartete, dass ich das verstand. Und erwartete, dass ich nicht mehr erwartete.

Das Schweigen wurde durch Mrs. Goldman gebrochen, die ankündigte, dass einer von Sonias Vorlesern gleich kam.

In der Nacht träumte ich, Sonia und ich versuchten immer wieder die Fifth Avenue zu überqueren, schafften es aber nie auf die andere Seite.

Am Vormittag rief ich an.

Eine Negerin sagte mir, Miss Goldman sei nicht zu Hause. Ich wollte ihr schon danken und auflegen, als die Frau mich bat, meine Telefonnummer zu hinterlassen, damit Miss Goldman zurückrufen könne.

Sonia rief am Abend an und wollte wissen, ob ich Opern mochte. Mein Herz klopfte so laut, dass ich sicher war, sie hörte es. Ihre Familie hatte eine Loge in der Metropolitan Opera. Enrico Caruso sang in *La Bohème*. Hatte ich Lust, sie zu begleiten?

Ich sollte bald dahinterkommen, dass Musik eine der größten Leistungen des Menschen war. Zugegeben, ich erwischte einen sehr guten Start. Mein erstes Mal mit einer Frau war enttäuschend gewesen. Ich hatte erwartet, dass es mich verwandeln würde, wenn ich mit einer Frau schlief. Von der Musik hatte ich nichts erwartet. Ich war an dem Abend nicht in die Metropolitan Opera gegangen, um Musik zu hören.

Am Ende des ersten Akts wartete ich darauf, dass Sonia etwas sagte. Als sie es nicht tat, schwieg ich ebenfalls. Sie schwieg auch nach dem zweiten und dem dritten Akt.

Im letzten Akt verkauft Colline seinen kostbaren Mantel, damit er für die sterbende Mimi etwas zu essen besorgen kann. Sogar die frivole Musetta verhält sich großmütig. Ich hatte viel vom Tod und hier und da sogar Großmut gesehen, bisher aber nur einmal die Lippen zusammenpressen müssen, um nicht zu weinen.

Im Parkett eilten schon die Platzanweiser durch die Reihen, da hatten wir immer noch kein Wort gesprochen.

Wir gingen auf der Fifth Avenue langsam Richtung Norden, und ich fühlte mich Sonia so nahe, wie ich mich noch nie jemandem nahe gefühlt hatte. Aber noch nicht einmal in dem kurzen Moment, bevor ich durchs Niemandsland gerannt war, war mir so bange gewesen.

Ich bin siebenundzwanzig Jahre alt, sagte sie, und habe noch nie jemanden geküsst, der kein Familienangehöriger ist. Über Männer weiß ich nur, was ich in Büchern gelesen habe.

Ich bin zweiunddreißig Jahre alt, sagte ich, und weiß über Frauen noch weniger.

Vor ihrer Tür hielten Sonia und ich uns an der Hand, küssten uns aber nicht. Ich hatte noch nie jemanden geküsst.

4.

Mein Sohn Sammy riet mir, lieber zu Hause zu bleiben. Pöbel scherte sich nicht darum, dass ich ein großer Befürworter von Negerrechten war. Neger hatten von King gelernt, dass es in Ordnung war, das Gesetz zu brechen. Wer wusste, was sie als nächstes taten? Und rate mal, wem sie die Schuld an all ihren Problemen gaben?

Präsident McKinley wurde nur Tage nach meiner Bar Mizwa erschossen. In der Woche, die er mit dem Tod rang, befürchteten alle in der Lower East Side, es würde sich herausstellen, dass Leon Czolgosz Jude war.

In Amerika hatte Juden bisweilen darunter zu leiden, dass sie Juden waren. Firmen stellten sie nicht ein, »Beschränkungsklauseln« limitierten die Häuser, in denen sie wohnen durften, in Ferienorten und Hotels vermietete man ihnen keine Zimmer, und Klubs verwehrten ihnen die Mitgliedschaft. Sogar an Universitäten wurden sie mitunter benachteiligt. Es gab jedoch keine Pogrome, und die Juden fanden sich in einem Land wieder, in dem die Hautfarbe viel wichtiger war als die Religion. So war es nicht verwunderlich, dass Juden Sklaven besessen und mit Sklaven gehandelt hatten und dass ihre erste Synagoge von Sklaven erbaut worden war. Rabbis wie Morris Raphall hatten die Institution der Sklaverei mit der hebräischen Bibel gerechtfertigt, als Judah P. Benjamin Außenminister der Konföderierten war.

Im zwanzigsten Jahrhundert jedoch handelten einige Juden anders. Joel Spingarn half beim Aufbau der National Association for the Advancement of Colored People und fungierte als einer ihrer ersten Direktoren. Einmal im Jahr verlieh die NAACP die Spingarn-Medaille für hervorragende Leistungen eines Negers. Das Bild von Julius Rosenwald hing tausendfach in Negerhütten im Süden in Dankbarkeit für die zahlreichen Schulen, die er finanziert hatte. Und in jüngster Zeit unterstützen Juden den Kampf der Bürgerrechtsbewegungen mit bedeutenden Spenden und aktiver Beteiligung.

Die meisten Neger kannten Juden allerdings nur als Vermieter, Ladenbesitzer oder Chefs, als Hausfrauen, die Dienstboten beschäftigten, als Richter oder Anwälte und als Lehrer oder Pfandleiher. Es half auch nicht, dass schwarze Geistliche, Leitartikler und Politiker auf die Juden als »vorbildliche Rasse« zeigten, denen Neger nacheifern sollten. Und noch weniger half es, dass man Negern beigebracht hatte, Juden hätten ein Verbrechen begangen, so ungeheuer groß, dass ein Verzeihen unmöglich war.

Am nächsten Vormittag rief Sammy wieder an.

In Cincinnati hatten Neger eine Synagoge verwüstet. In Boston hatte man Juden gesagt, wenn sie ihre Synagoge nicht an die Schwarzen übergaben, würde sie niedergebrannt werden – mit ihnen darin.

Ich wusste nichts zu sagen, was Sammys Zorn hätte besänftigen können.

Nach dem Brandanschlag auf sein Haus in Atlanta hatte King vor der dort versammelten Menge erklärt, er glaube daran, dass unverdientes Leiden erlösend ist. King selber mag das sogar geglaubt haben, die übliche Reaktion auf unverdientes Leiden aber ist Wut. Innerhalb der nächsten Tage wurden über zweitausend Brände gelegt. Es kam in über hundertfünfzig Ortschaften zu Ausschreitungen. Sechsundvierzig Menschen verloren dabei ihr Leben.

*

Meine Tochter Eva und ihre Studenten wollten sich Kings Begräbnis in ihrer Wohnung ansehen.

Komm doch auch her, sagte sie. In so einer Zeit sollte man nicht allein sein.

Ich dankte ihr, aber Graham hatte mich schon eingeladen, die Übertragung mit ihm und Mrs. Ryan zu verfolgen.

Graham war unser Afrika-Mann gewesen. Fachbereiche für Geschichte wollten dafür heute vermutlich einen Schwarzafrikaner oder zumindest einen Neger. Bevor seine Frau krank wurde, trafen wir uns manchmal zum Mittagessen. Nach ihrem Tod verschlechterte sich seine eigene Gesundheit rapide. Doch als ich Schiwa saß, kam Graham jeden Tag.

Mrs. Ryan, die seit ihrem neunten Lebensjahr arbeitete und allen ihren fünf Kindern das College ermöglicht hatte, obwohl sie da bereits Witwe war, konnte Martin Luther King nichts abgewinnen.

Neger, meinte sie, erwarteten, alles auf dem Silbertablett serviert zu bekommen. King selbst hielt sie für einen »Unruhestifter«.

Bei der Beerdigung weinte Mrs. Ryan trotzdem.

Hinterher machte sie uns etwas zu essen und ging in ihr Zimmer.

Ich hatte keinen Hunger, Graham vermutlich auch nicht, aber wir aßen beide die Mahlzeit, die Mrs. Ryan für uns zubereitet hatte.

5.

Sonia und ich waren bis zum Küssen vorangeschritten. Das war sehr angenehm. Mein Körper, der seinen eigenen Willen hatte, reagierte in erwartbarer Weise. Merkwürdigerweise war ich jedoch nicht frustriert.

Zu der Zeit begann es, dass Männer und Frauen offen

über das sprachen, was sie in der Öffentlichkeit als ihr »Geschlechtsleben« bezeichneten. Der Weltkrieg war ein großer Sieg für Thanatos gewesen, und es war nicht verwunderlich, dass man sich jetzt Eros zuwandte. Sigmund Freud schien zu sagen, was viele hören wollten. Nicht Zügellosigkeit war die große Gefahr für die Menschheit, sondern, im Gegenteil, Repression.

Sonia und ich besprachen uns über die bevorstehende »Hochzeitsnacht«, wie meine Eltern über ihre sicher nicht gesprochen hatten. Sonia hatte ein Buch gelesen, obgleich sie ihre Vorleserin, eine ältere verheiratete Frau, gelegentlich ermahnen musste, kein Wort auszulassen.

Schmerzen und Blut, sagte Sonia. Das klingt nicht gerade nach Spaß.

Wir müssen nicht alles auf einmal machen, sagte ich.

Nach Auskunft von Sonias Mutter war die Hochzeitsnacht eine Tortur, die eine Frau einfach über sich ergehen lassen musste. Aber Sonia hatte keine Angst.

Ich habe keine Angst, sagte sie, denn du wirst ja bei mir sein.

Unser Hochzeitstag hatte sich ungewöhnlich lange hingezogen. Ich hatte Hunderten Personen, die ich nicht kannte, die Hand geschüttelt und war von ihnen geküsst worden. Jeder einzelne aus Sonias Familie schien eine Rede halten zu müssen. Es gab einen Onkel, der es sogar mit Humor versucht hatte. Er erzählte den Witz über das frischverheiratete Paar, das direkt nach der Hochzeit mit Pferd und Wagen davongefahren war. Als das Pferd stehen blieb, sagte der Mann: die eins. Als das Pferd noch einmal stehen blieb, sagte der Mann: die zwei. Als das Pferd zum dritten Mal stehen blieb, sagte der Mann: die drei, griff nach seinem Gewehr und erschoss es.

Was hast du getan?, sagte die Frau. Warum hast du

unser Pferd erschossen? Wie sollen wir jetzt nach Hause kommen? Und der Mann sagte: die eins.

Wir hatten meinen Eltern eine Einladung geschickt, doch ich hatte nicht einmal mit einer Antwort gerechnet.

Sonia und ich saßen auf unserem Sofa und hielten uns an der Hand, wie wir es auf Parkbänken getan hatten. Wir küssten uns. Sie streichelte mein Gesicht und ich ihres.

In unserem Schlafzimmer zog Sonia sich aus, als wäre sie allein. Ich fragte, ob ich ihr den Rücken massieren sollte.

Den Rücken massieren, sagte sie, klingt wunderbar.

Ich hatte noch nie eine Rückenmassage gemacht und auch noch keine bekommen, aber ich wollte behutsam anfangen.

Durch die dunklen Vorhänge, die ich gekauft hatte, drang kein bisschen Licht. Ich war erstaunt über Sonias nackten Körper. Es war, als hätte ich noch nie eine Frau berührt.

Ich hatte ihr den Rücken erst eine kurze Weile massiert, da merkte ich, dass Sonia eingeschlafen war. Ich gab ihr einen Kuss auf die Schulter und schlief ebenfalls bald ein.

Am Morgen war Blut vorhanden, aber Schmerzen schien es keine zu geben.

Jetzt verstehe ich, sagte Sonia, als wir nebeneinander lagen und Händchen hielten, warum es »Liebe machen« heißt.

6.

Seit Beginn der Proteste gegen den Vietnamkrieg las man *Make Love Not War* auf Buttons und Postern, T-Shirts und Transparenten. Manchmal stand es sogar auf Mauern.

1932 schrieb Einstein einen offenen Brief an Freud und fragte, ob er Krieg für unausweichlich halte. Beide betrachteten sich damals als Pazifisten. Freud erwiderte, es bestehe nur wenig Aussicht, die aggressiven Triebe der Menschheit abzuschaffen. Interessenskonflikte unter den Menschen würden prinzipiell durch die Anwendung von Gewalt entschieden. Es gebe freilich auch die erotischen Triebe, die bisweilen mildernd wirkten. Destruktive Tendenzen ließen sich im Prozess der Kulturentwicklung allerdings auch ablenken. Krieg könne sogar wegen seiner ästhetischen Erniedrigungen empörend werden. Freud war jedoch nicht optimistisch, dass das in absehbarer Zukunft geschehen würde.

Seine Antwort an Einstein wurde nur ein Jahr vor der Machtergreifung der Nazis und sieben Jahre vor Ausbruch eines weiteren europäischen Kriegs geschrieben. Obwohl es in Deutschland ebenso viel Kulturentwicklung gegeben hatte wie in jedem beliebigen Land der Welt, zeigte sich, dass seine Dichter und Denker Gräuel, die zu den schlimmsten der Geschichte gehörten, nicht verhindern konnten.

Sammy war Erstsemester an der Stanford, als die Deutschen Polen überfielen. Nach dem japanischen Angriff auf Pearl Harbor brach er sein Studium sofort ab und meldete sich zur Armee. Eva war Pazifistin, seit sie in der Wochenschau Berichte über den Einmarsch der Italiener in Äthiopien gesehen hatte.

Krieg, sagte sie, als wir bei uns am Küchentisch saßen, ist für nichts eine Lösung. Es gibt keine »gerechten Kriege«.

Augustinus' Kriterien für einen gerechten Krieg waren:

Er muss von einer legitimen Autorität angeordnet und mit gerechtem Ziel und nur mit gerechten Mitteln geführt werden. Für einen Pazifisten beruhte jedes einzelne dieser Kriterien auf der falschen Voraussetzung, dass ein »gerechter« Krieg überhaupt möglich war.

An dem Nachmittag hatte Sonia ihre Mutter besucht. Nach unserer Hochzeit hörte Mrs. Goldman auf, mich auszufragen. Sie zog Smalltalk generell vor, erging sich manchmal aber auch in Erinnerungen. Über die Jahre veränderte sie sich nur wenig. Nach dem Tod ihres Mannes jedoch war sie wie betäubt. Sie lächelte nicht mehr, sprach kaum noch, ging nicht einmal mehr in die Emanuel-Synagoge. Sonia besuchte sie häufig.

An unserer Schule sind Mädchen, sagte Eva, kluge Mädchen, die immer gegen den Krieg gewesen sind, jetzt aber sagen, die Deutschen und die Japaner seien so übel, dass wir sie aufhalten müssen, ganz gleich wie. Aber Krieg macht aus Menschen Ungeheuer.

Ich glaubte nicht, dass Menschen lernten, wie man sich benimmt, wenn sie die Vergangenheit analysieren, doch ich war davon überzeugt, dass sie wissen sollten, wie Menschen sich in der Vergangenheit benommen haben. Aufgabe eines Historikers war auch, dem Missbrauch der Vergangenheit vorzubeugen. *Amerika und der Krieg* war erst vor wenigen Jahren erschienen. Sonia hatte mich vor vielen Schnitzern und unverständlichen Formulierungen bewahrt und, noch wichtiger, mich ständig gedrängt, meine These, dass alle amerikanischen Kriege vermeidbar gewesen waren, noch besser zu begründen. Eva hatte *Amerika und der Krieg* dreimal gelesen. Brewster mochte das Buch nicht. Besonders unzufrieden war er mit meiner Darstellung des Unabhängigkeitskriegs.

Amerikaner wurden erzogen zu glauben, Georg III. wäre

so bösartig gewesen wie ein Pharao. George Washington war folglich der Moses, der sein Volk aus der Knechtschaft führte. Die Unabhängigkeitserklärung wurde so verehrt, als hätte Gott selbst sie in Stein gehauen.

Doch als Jefferson schrieb, *Wir halten diese Wahrheiten für selbstverständlich, dass alle Menschen gleich erschaffen wurden*, war ein Fünftel derer, die in den Kolonien lebten, de facto Sklaven. Sie waren Sklaven lebenslang, und ihre Kinder würden ebenfalls lebenslang Sklaven sein. Ihr Schöpfer hatte ihnen zwar das Leben gegeben, Männer wie Jefferson enthielten ihnen jedoch die Freiheit vor und damit die Möglichkeit, sich am Streben nach Glück zu beteiligen.

Jefferson bezichtigte Georg III. der Willkür und der Tyrannei. Welche Willkür oder welche Tyrannei hätte jedoch größer sein können als die große amerikanische Ungeheuerlichkeit der Sklaverei?

Die Kolonisten behaupteten, durch die Festsetzung ungerechter Steuern hätten Georg III. und sein Parlament gestohlen, was rechtmäßig ihnen zustand. Amerikanische Sklavenhalter stahlen erwiesenermaßen jedoch viel mehr, als die Briten es gekonnt hätten.

Jefferson hatte guten Grund, um *mein Land zu zittern, wenn ich bedenke, dass Gott gerecht ist.* Auch wenn er die Institution der Sklaverei häufig beklagte, konnte er sich zeit seines Lebens nicht dazu durchringen, seine Sklaven in die Freiheit zu entlassen. In seinem Testament schenkte er fünf von ihnen die Freiheit, alles Mitglieder einer Familie namens Hemings. Über hundert Sklaven jedoch wurden verkauft, um seine Schulden zu begleichen.

Missstände allein, hatte ich dargelegt, müssen nicht »unausweichlich« zu Krieg führen. Zunächst widersetzten sich die Kolonisten der Einführung einer Zucker- und

Stempelsteuer und erklärten sich bereit, den Import britischer Waren zu senken. Dadurch gerieten britische Kaufleute unter Druck, die dann wiederum das Parlament unter Druck setzten und auf eine Aufhebung dieser Steuer drängten. In den Kolonien hatte es gewaltsame Proteste gegeben, doch nicht einmal Gewaltakte führen zwangsläufig zu Krieg.

Nachdem ich in Frankreich Menschen getötet hatte, hielt ich mich noch lange Zeit für einen »Pazifisten«. Aber ich war kein Pazifist der Sorte, die jegliche Form von Gewalt für falsch hielt. Wenn jemand Sonia etwas tun wollte, würde ich nicht zögern, den Betreffenden umzubringen. Allerdings würde ich nicht Tausende andere umbringen.

Im Jahre 1770 wurden bei einer heftigen Auseinandersetzung mit britischen Soldaten fünf Kolonisten getötet (drei starben sofort, zwei erlagen später ihren Verletzungen). Paul Reveres Kupferstich mit der Darstellung von Soldaten, die auf unbewaffnete Zivilisten feuern, verbreitete sich in allen Kolonien. Das Geschehene wurde als »Das Massaker von Boston« bekannt. Doch John Adams und Josiah Quincy verteidigten die Soldaten. Bis auf zwei, die wegen Totschlags schuldig gesprochen und zur Strafe an den Händen gebrandmarkt wurden, wurden alle freigesprochen.

Nach Adams' späterer Einschätzung wünschte nur ein Drittel der Kolonisten die Unabhängigkeit von England, ein Drittel wünschte sie nicht, das dritte Drittel war unentschlossen. Trotzdem wurde den Amerikanern beigebracht, dass das Verhalten der Briten in den fünf Folgejahren den Kolonisten keine andere Wahl ließ, als gegen ihren grausamen Widersacher in den Krieg zu ziehen, auch wenn hinlänglich bewiesen war, dass Unzufriedenheit und sogar Gewalt nicht in einen Krieg münden mussten.

Die Amerikaner behaupteten damals – und ihre Nachkommen behaupten es seitdem –, die Kolonisten hätten mit ihrem Kampf heilige Prinzipien verteidigt. Doch Sklavenhalter und jene, die Sklaverei duldeten, hatten nicht das Recht, auf eine moralische Überlegenheit zu pochen. Die Briten hatten die Kolonisten wesentlich besser behandelt, als die Kolonisten ihre Sklaven behandelten. Wären sie weniger selbstgerecht gewesen, hätten die Kolonisten womöglich einen Weg gefunden, ihre Unabhängigkeit ohne einen Krieg zu erreichen. Die Kanadier hatten für ihre Unabhängigkeit vier Generationen lang gekämpft. Es war zu kleineren Aufständen gekommen, und formal blieb Kanada ein Teil des Britischen Weltreichs, aber es hatte nicht so viele Tote gegeben.

Viertausendvierhundertfünfunddreißig Amerikaner fanden im Unabhängigkeitskrieg den Tod. Käme der gleiche Bevölkerungsanteil heute ums Leben, entspräche das über einer Viertelmillion Toten.

Die Autoren der Verfassung verwendeten die Worte »Sklave« oder »Sklaverei« kein einziges Mal. Sklaven waren lediglich übrige Personen und gingen zu drei Fünfteln in die Berechnung der Zahl von Abgeordneten ein, die ein Staat ins Repräsentantenhaus entsenden durfte, oder solche Personen, deren Import vor 1808 nicht verboten werden konnte, oder aber zu Arbeitszwecken gehaltene Personen, die ihre Freiheit auch dann nicht erlangten, wenn sie von einem Staat in einen anderen flohen.

Brewster meinte, der Vierte Juli sei der Tag des Gedenkens an einen großartigen Triumph des Nationalgefühls. Für ihn war der amerikanische Sieg im Unabhängigkeitskrieg »ruhmreich«. *Bedrängte Farmer feuerten den Schuss, der in der ganzen Welt gehört wurde.* Jegliche Andeutung, dass Amerikaner womöglich mehr gutzumachen als zu feiern hatten, wies er strikt von sich.

In der Regel vernachlässigten die Amerikaner den zweiten gegen England geführten Krieg. Die Briten hatten Washington angegriffen und das Kapitol niedergebrannt. Bei ihrem Vormarsch nach Kanada mussten die Amerikaner schwere Niederlagen hinnehmen, obwohl es ihnen gelang, Toronto in Brand zu stecken. Auf Andrew Jacksons Sieg bei New Orleans kam es im Grunde nicht mehr an, nachdem bereits ein Friedensvertrag unterzeichnet war. Der Friede von Gent hatte den Krieg beendet, ohne freilich die Probleme zu lösen, die an seinem Anfang standen (die Zwangsrekrutierung amerikanischer Seeleute in die britische Marine, die Unterbindung des neutralen Seehandels über französische Häfen, die angebliche Aufstachelung von Indianern zu Überfällen auf amerikanische Siedlungen), ein klares Indiz dafür, dass der Krieg hätte abgewendet werden können.

Fast siebentausend Amerikaner starben in diesem überflüssigen Krieg, das entspricht heutigen einhundertachtzigtausend Toten.

In dem Jahr, in dem Eva an der Barnard den obligatorischen Kurs in amerikanischer Geschichte belegte, kam sie über die Straße und nahm als Gasthörerin an meinem Seminar zu »Amerika und der Krieg« teil. Ich stellte sie als meine Tochter vor, und obwohl sie die einzige Frau im Raum war, fühlte sie sich offenbar nicht unwohl. Wir hatten zu Hause am Küchentisch bereits über den mexikanischen Krieg debattiert, und sie vertrat im Klassenraum den Standpunkt, dass dieser Krieg zeige, wie leicht die Bereitschaft, in den Krieg zu ziehen, einer der Hauptgründe für den Krieg werden konnte.

1844 verwendete man im aggressiv geführten Wahlkampf für Polk als Präsidenten den Slogan »54°40' oder Kampf«. Hundert Jahre später wussten nicht viele Amerikaner, was das bedeuten sollte.

54°40' war die von den Vereinigten Staaten im Nordwesten beanspruchte Grenze. Die Briten verlangten die Festsetzung dieser Grenze am 42. Breitengrad. Gab es eine bessere Gelegenheit für noch einen Krieg? Aber die britischen und amerikanischen Unterhändler haben sich wie Erwachsene benommen, und als Grenze wurde der 49. Breitengrad festgelegt. Die Amerikaner bekamen zwar ihre 54°40' nicht, brauchten aber auch nicht zu kämpfen.

Ein ähnlicher Konflikt mit Mexiko wurde jedoch nicht so gütlich beigelegt. Mexiko beanspruchte den Nueces als seine nördliche Grenze, die Amerikaner beanspruchten aber den Rio Grande als Grenze, viel weiter südlich. Ein Kompromiss war zweifellos möglich. Doch während die Amerikaner und die Briten ihre Differenzen diplomatisch beilegten, schickte Polk General Zachary Taylor und seine Armee über den Nueces, von wo aus sie weiter nach Süden vordrangen und schließlich das linke Ufer des Rio Grande besetzten. Erwartungsgemäß kam es zu einem Scharmützel amerikanischer und mexikanischer Truppen. In der Nachricht des Präsidenten an den Kongress bat Polk um die Erklärung des Kriegszustands, ein unverhohlenes Betrugsmanöver.

Mexiko hat die Grenze zu den Vereinigten Staaten überschritten, ist auf unser Territorium vorgerückt und hat auf amerikanischem Boden amerikanisches Blut vergossen.

Abraham Lincoln, als Abgeordneter neu im Kongress, bezweifelte den Wahrheitsgehalt dieser Erklärung. Das taten auch andere. Garret Davis, ein Kongressabgeordneter der Whigs aus Kentucky, erhob den Vorwurf, es sei *unser eigener Präsident, der diesen Krieg angezettelt hat.*

Polk bekam seine Kriegserklärung trotzdem, und die Aneignung Kaliforniens, eines großen Teils des Südwestens und sogar jenes Gebiets im nördlichen Mexiko, in das die Mormonen geflüchtet waren, gefiel den Amerikanern schon damals und gefällt ihnen noch heute so gut, dass nur wenige das Verhalten des Präsidenten in Frage stellen.

Die dreizehntausend Amerikaner, die in diesem Krieg starben, das entspricht einhundertdreiundfünfzigtausend heute, galten als »Helden«, wie es bei amerikanischen Kriegstoten Usus ist. Nach Polks Ausscheiden aus dem Amt wurde Zachary Taylor zum Präsidenten gewählt.

Ein Dutzend Jahre später begannen Amerikaner andere Amerikaner zu töten, aber nicht, wie viele in Amerika bis heute meinen, weil Lincoln die Sklaven befreien wollte. In seiner Antrittsrede versprach er, die Sklaverei dort, wo sie existierte, unangetastet zu lassen, und versprach überdies, entflohene Sklaven ihren Besitzern zurückbringen zu lassen. Vier Sklavenstaaten – Maryland, Delaware, Kentucky und Missouri – hatten sich der Konföderation der Südstaaten nicht angeschlossen. Ein Kongress der Nordstaaten verabschiedete rechtzeitig einen »dreizehnten Zusatzartikel zur Verfassung«, der die Sklaverei vor Einmischung durch die Union schützte. Und die Ausrufung der Emanzipationsakte befreite nur die Sklaven in den rebellischen Gebieten. Bei der vorläufigen Proklamation hatte Lincoln den Südstaaten eine Frist von hundert Tagen eingeräumt, ihre Loyalität zur Union zu bekunden, verbunden mit dem Versprechen, dass ihre Sklaven, wenn sie das taten, nicht befreit wurden.

Der hierbei bekräftigte Grundsatz, merkte *The London Spectator* an, *lautet nicht, dass ein Mensch billigerweise einen anderen nicht besitzen kann, sondern dass er ihn nicht besitzen kann, sofern er nicht loyal zu den Vereinigten Staaten ist.*

In jenem Sommer 1862, in dem er die vorläufige Emanzipationsproklamation verkündete, hatte Lincoln einen offenen Brief an den Verleger Horace Greeley geschrieben.

Mein oberstes Ziel in diesem Kampf ist die Bewahrung der Union, es ist weder die Bewahrung noch die Abschaffung der Sklaverei. Könnte ich die Union bewahren, ohne einen einzigen Sklaven zu befreien, würde ich es tun, und könnte ich sie bewahren, indem ich alle Sklaven befreie, würde ich es tun, und könnte ich sie bewahren, indem ich einige befreie und andere links liegen lasse, würde ich auch das tun.

Ein Leitartikler im Süden hatte prophezeit, *das Blut, das vergossen wird, passt in den Fingerhut einer Dame*, und Lincoln hatte dazu aufgerufen, sich für 90 Tage als Freiwilliger zu melden. Doch was, wenn der Malach ha Moves ihm verraten hätte, dass die Bewahrung der Union sechshunderttausend amerikanische Leben kosten würde, was dreieinhalb Millionen heute entspricht? Wäre Lincoln dann trotzdem bereit gewesen, in den Krieg zu ziehen?

In *Die Amerikaner und der Krieg* hatte ich dargelegt, dass die Amerikaner auch als zwei Nationen friedlich hätten zusammenleben können, ich hatte dargelegt, dass die Sklaverei eines Tages sowieso abgeschafft worden wäre, wie es in Mexiko und Kuba, in Brasilien, auf den karibischen Inseln und überall im Doppelkontinent geschehen war. Die Abschaffung der Sklaverei in den Vereinigten Staaten resultierte nicht aus der Überzeugung, dass Negern dieselben Rechte zustanden wie Weißen, sondern war lediglich eine unbeabsichtigte Folge des Kriegs um den Erhalt der Union. Und da der nicht aus moralischen Gründen geführt worden war, erlaubten Nordstaaten-Weiße Südstaaten-Weißen schon bald, Neger abermals auszubeuten und zu terrorisieren.

Für Leute wie Brewster war sogar der Bürgerkrieg ein amerikanischer Triumph – trotz der vielen Amerikaner, die dabei ums Leben kamen. Er hatte die Sklaverei beendet und wieder Übereinstimmung zwischen Norden und Süden hergestellt. Brewster fand sogar Rechtfertigungen für die Kriege, die Amerikaner gegen die Indianer geführt hatten. Sie mochten brutal und bedauerlich gewesen sein, waren aber doch nötig, um der Überlegenheit der »Zivilisation« über die »Wilden« zur Geltung zu verhelfen.

In George Washingtons Kabinett war Kriegsminister Henry Knox außerdem für Indianerangelegenheiten zuständig. Fast hundert Jahre lang hatten amerikanische Soldaten größere und kleinere Kriege gegen die Indianer geführt. Lincoln selbst befehligte als Hauptmann eine Freiwilligenmiliz im Black-Hawk-Krieg von 1832, war persönlich aber nie an Feindseligkeiten beteiligt. Das Massaker von Wounded Knee im Jahre 1890, bei dem über zweihundert Sioux abgeschlachtet wurden, sogar kleine Kinder, Jungen und Mädchen, die sich ergeben wollten, bildete den Schlusspunkt der Indianerkriege.

Brewster war keine Besonderheit. Dass so viele Indianer getötet und von ihrem angestammten Land vertrieben worden waren, erfüllte die meisten Amerikaner ebenso wenig mit Scham für ihre Geschichte wie die Sklaverei.

Amerikaner sahen sich auch nicht gern als »Imperialisten«. Dieser schändliche Begriff war für andere reserviert.

Außenminister John Hay, der über dreißig Jahre zuvor Lincolns Privatsekretär gewesen war, nannte den leicht vermeidbaren Krieg gegen Spanien einen *prächtigen kleinen Krieg*. Vordergründig ging es dabei um die Befreiung der Kubaner aus brutaler spanischer Herrschaft und um Vergeltung für den Untergang der U.S.S Maine im Hafen von Havanna.

Denkt an die Maine, zur Hölle mit Spanien!

Die spanische Regierung bemühte sich, alle amerikanischen Forderungen zu erfüllen, und es gab weder Beweise dafür noch war es wahrscheinlich, dass der Untergang der Maine auf das Konto der Spanier ging, und trotzdem fielen die Amerikaner in Kuba ein; Teddy Roosevelt befürchtete sogar, der Krieg könne vorüber sein, bevor er selbst hinkam. Nachdem die Spanier binnen drei Monaten besiegt waren, hielten die Amerikaner Kuba die nächsten vier Jahre besetzt. Und kehrten regelmäßig zurück und besetzten es abermals. Sie nahmen Spanien auch die Inseln Guam und Puerto Rico ab.

Nach dem leicht errungenen Sieg über Spanien kämpften die Amerikaner auf den Philippinen einen langen und brutalen Krieg gegen die nach Unabhängigkeit strebenden Filipinos und verübten teils die gleichen Gräuel, die sie später in Vietnam wieder verüben sollten. Die Philippinen erlangten ihre Unabhängigkeit erst nach dem Zweiten Weltkrieg.

Von den viertausendeinhundertacht Amerikanern, die in diesen Kriegen starben, wurden nur dreihundertfünfundachtzig im Kampf getötet. Ihre Hauptfeinde waren Ruhr, Gelbfieber und verdorbenes Fleisch.

1910 hatte ich einen Bestseller des Engländers Norman Angell mit dem Titel *The Great Illusion* gelesen. Angell behauptete, die zunehmende wirtschaftliche Verflechtung der ganzen Welt würde Kriege faktisch unmöglich machen. Mich hatte das nicht überzeugt. Ich war damals erst zweiundzwanzig und fand, in Bezug auf Kriege waren Menschen nicht klüger als Fische. Seit Tausenden von Jahren sehen Fische die Haken und schnappen doch immer wieder danach.

Europäer hatten bereits sehr viele Europäer umgebracht, bevor Wilson sich dazu durchrang, einigen Europäern beim Töten anderer zu helfen. Dem vielen Töten zum Trotz siegte aber niemand. Alle Seiten waren erschöpft. Ohne die Einmischung der Amerikaner hätte der Erste Weltkrieg vermutlich mit einem Patt geendet. Wäre es so gekommen, behauptete ich, wäre die Gefahr, dass die Welt nur eine Generation später einen zweiten Weltkrieg erleben muss, gar nicht entstanden. In *Die Amerikaner und der Krieg* spielte ich mehrere dieser »kontrafaktischen Thesen« durch. Sie mögen sich wie bloße Phantastereien ausnehmen, sind faktisch aber ein Angriff auf die Vorstellung, Kriege seien »unvermeidlich«.

Dreihundertzwanzigtausendfünfhundertachtundsiebzig Amerikaner verloren in diesem Krieg ihr Leben und ungefähr zwanzig Millionen andere.

1938 bestachen Freunde Freuds die Nazis, damit er Wien verlassen konnte. Die Nazis jedoch verlangten von Freud die Unterzeichnung einer Erklärung des Inhalts, dass er von den Behörden gut behandelt worden sei. Mit zweiundachtzig, an Mundhöhlenkrebs leidend und ins Exil gezwungen, war der Verfasser von *Der Witz und seine Beziehung zum Unbewussten* noch fähig, der ihm von den Nazis vorgelegten Erklärung hinzuzufügen: *Ich kann die Gestapo jedermann empfehlen.*

Freud starb in London, kurz nachdem die Deutschen Polen überfallen hatten. Zu diesem Zeitpunkt hatte Einstein den Pazifismus aufgegeben und sprach sich stattdessen für *gemeinsame Sicherheit* aus.

Einsatzgruppen waren der Wehrmacht in die Sowjetunion gefolgt und hatten eine große Zahl von Juden umgebracht, ohne dafür Konzentrationslager oder Gaskammern zu benötigen. Hunderttausende wurden schlicht erschossen. In zwei Tagen tötete ein solches Einsatzkommando in Babi Jar, einer Schlucht vor Kiew, dreißigtausend Juden.

Eva ließ sich aber trotzdem nicht davon überzeugen, dass Töten die einzige Möglichkeit war, Leben zu retten.

Die Amerikaner hatten sich nicht aus den in Europa und Asien wütenden Kriegen herausgehalten, weil sie Pazifisten waren. Sie hatten sich herausgehalten, weil viele von ihnen den Eintritt in den letzten Krieg für einen entsetzlichen Fehler hielten. Was in Europa geschah, interessierte sie nicht. Sollten die Deutschen doch Polen, Belgien, Holland, Norwegen, sogar Frankreich haben.

Noch weniger interessierte sie, was in Asien geschah. In Nanking hatten die Japaner tausendfache Gräuel begangen: Säuglinge mit dem Bajonett aufgespießt, Mönche vergewaltigt und kastriert, Frauen erst mit Flaschen und Holzlatten vergewaltigt und anschließend ermordet. Die Japaner schlachteten zweihunderttausend Menschen ab. Das geschah innerhalb weniger Wochen.

Roosevelt verurteilte die japanische Brutalität gegenüber Zivilisten, doch die meisten Amerikaner achteten nicht groß darauf. Das Leben von Asiaten bedeutete den meisten Amerikanern nichts, ergo auch nicht ihr Tod. Außerdem gab es immer noch Millionen Arbeitslose.

Und die Amerikaner zogen erst recht nicht in den Krieg, um Juden zu retten. Nach dem Eichmann-Prozess gab es Dokumentarfilme, in denen nackte Körper, wie Holz gestapelt, zu sehen waren, und amerikanische Soldaten, die Dachau, Sachsenhausen und Buchenwald befreiten, als ob sie deswegen nach Europa gekommen wären. Hätten die Japaner aber Pearl Harbor nicht bombardiert, weil sie glaubten, die Amerikaner mit der Zerstörung ihrer Pazifikflotte so zu demoralisieren, dass sie nicht kämpfen würden, und hätten ihre deutschen Alliierten den Vereinigten Staaten ein paar Tage später nicht den Krieg erklärt, weil sie ein Land unterschätzten, in dem Hitler *das Erbe jüdischen oder vernegerten Bluteinschlags* sah, wären die Amerikaner zu Hause geblieben.

Wie Einstein war ich zu der Überzeugung gelangt, dass man in diesen Zeiten nicht mehr Pazifist sein konnte. Es gab keine guten Alternativen. In den Krieg zu ziehen war jetzt die einzige Möglichkeit, diejenigen, die bereits so viele getötet hatten, daran zu hindern, noch mehr zu töten.

An dem Nachmittag begann Eva zu weinen, und ich griff über den Tisch und nahm ihre Hand. Mehr konnte ich nicht tun.

7.

Robert Kelley war Messdiener gewesen, hatte an der Maria Himmelskönigin Highschool seinen Abschluss gemacht und das Hl.-Franziskus-College besucht. Doch als es darum ging, eine Ehefrau zu wählen, wählte er Eva, obwohl das bedeutete, sich sogar über die eigene Familie und die Kirche hinwegzusetzen. Sammy war der Hochzeit ferngeblieben.

Gott hatte das Opfer Kains nicht angenommen, und so ermordete Kain in einem Vorgriff auf Jahrtausende menschlichen Benehmens seinen Bruder. Obwohl Sammys Gott untätig geblieben war, als Juden ermordet wurden, beschuldigte der Bruder seine Schwester, »das jüdische Volk zu verraten«.

Der Zorn meines Vaters wäre noch größer gewesen. Er hätte schon Sonia nicht gutgeheißen. Reformjuden wie die Goldmans waren für ihn keinen Deut besser als Gojim. Sonias Vorfahren hatten aus dem historischen Judentum nur das Angenehme übernommen. Für Menschen wie meinen Vater hieß Jude sein, es gerade nicht angenehm zu haben. Ihm war kaum ein Jude jüdisch genug. Nicht einmal Rabbis entgingen seinem Zorn. Häufig zitierte er Nachman von Brazlaw.

Es war schwer für Satan, allein die ganze Welt in die Irre zu führen, deshalb setzte er an verschiedenen Orten Rabbis ein.

Der Gott meines Vaters hatte viele Namen: Bore Olam, der Schöpfer der Welt; Kedosch Israel, Heiliger von Israel, Ha-Makom, der Platz, El Elion, Gott der Höchste, En Sof, der Unendliche, Schaddai, Der, der alles Nötige gesagt hat. Wenn mein Vater von Gott sprach, nannte er ihn Adonai, Mein Herr. Doch ganz gleich, wie sein Name war, auf den Gedanken, gütiger zu sein, brachte Gott meinen Vater nicht.

8.

Als wir die von Mrs. Ryan zubereitete Mahlzeit aßen, zitterte Graham bei jedem Heben der Gabel die Hand.

Ich fürchte, er ist zu schwach für einen Besuch, sagte Mrs. Ryan. Sie wollten ihn in die Intensivpflege bringen, aber Sie wissen ja, wie dickköpfig er sein kann. Alles ist jetzt in Gottes Hand. Wir können nur beten.

*

Ich rief Fritz an.

Ich kann zu dir kommen, sagte er, oder du kommst zu mir. Was wäre dir lieber?

Ein Spaziergang, sagte ich, würde mir guttun.

Fritz hatte seinen Doktor an der Universität Heidelberg gemacht, derselben Universität, betonte er, an der auch Goebbels ihn gemacht hatte. Die amtliche, aber nicht ausgeübte Religion seiner Großeltern hatte es ihm verwehrt, in Deutschland eine akademische Laufbahn einzuschlagen. In den Vereinigten Staaten jedoch hatte er es zu großen Meriten gebracht. Sein Englisch war fließend, auch wenn sein Akzent nicht besser war als der Einsteins. Doch Einsteins großes Vermächtnis an seine Mitemigranten war, den Gedanken an einen Zusammenhang von deutschem Akzent und hoher Intelligenz in amerikanische Hirne einzupflanzen. Niemand hätte Einstein oder Fritz je für dumm gehalten, weil sie Schwierigkeiten mit dem »w« oder dem »th« hatten.

Fritz' Eltern waren, als das noch möglich gewesen wäre, nicht aus Deutschland emigriert. Sie hatten nicht mit dem gerechnet, was sich damals niemand hatte vorstellen können. Noch zu Kriegsbeginn aber waren viele deutsche Juden geflohen.

Ein bitterer Witz, erzählt von Juden, die sich in Washington Heights angesiedelt hatten, einem Viertel, so deutsch, dass es »das Vierte Reich« genannt wurde, fragte, wie viele Sorten deutscher Juden es gebe. Die Antwort lautete: zwei. Optimisten und Pessimisten. Der Unterschied? Die Pessimisten waren im Exil, die Optimisten im Konzentrationslager.

Trotz der peniblen Buchführung der Deutschen hatte Fritz nicht herausgefunden, in welchem Lager seine Eltern umgebracht worden waren. Er habe mir von ihnen erzählt, sagte er, weil es bestimmte Dinge gab, die man von einem anderen wissen musste, wenn man mit ihm befreundet sein wollte. Für Fritz war Freundschaft eine sehr ernste

Angelegenheit. Er verabscheute kulturelle Verallgemeinerungen, weil sie so schnell zu Stereotypen verkamen, fand aber, dass Amerikaner Freundschaft stark unterschätzten. Ein Vorteil von Sprachen wie dem Deutschen war, dass der Übergang vom Sie zum Du dem Wunsch nach größerer Nähe Ausdruck verlieh. Für Amerikaner war vom ersten Händedruck an jeder Joe.

Fritz war vor drei Jahren in den Ruhestand gegangen. Wie Graham war auch er jeden Tag gekommen, als ich Schiwa saß. Anders als Graham erfreute er sich jedoch bester Gesundheit. Er war schließlich eine halbe Generation jünger. Mit demselben Blick, mit dem einige amerikanische Historiker ihre Geschichte betrachteten, »von unten« nämlich, betrachtete er die deutsche Geschichte. Sein Interesse galt weniger Hitler und den übrigen anderen, über die wir so viel wissen, als vielmehr den Deutschen, die das Dritte Reich tatsächlich ins Werk setzten. Hitler, betonte Fritz, hatte im Zweiten Weltkrieg nur sich selbst umgebracht, sonst niemanden.

*

Im Dezember 1942 berichtete die *New York Times*, die Nazis planten, alle Juden in den von ihnen besetzten Gebieten umzubringen. Zwei Millionen waren bereits getötet worden, und fünf weitere Millionen waren in Gefahr.

Sonia war bereit, das zu glauben, und ich war es auch. Die meisten Leute dachten aber anders darüber. Ich konnte ihren Unwillen verstehen. Ehe die Deutschen nicht besiegt waren, konnte man faktisch wenig tun. Gegen so ein Wissen lehnt der Geist sich auf.

Auschwitz und die anderen Todeslager in Polen wurden

schließlich von der Roten Armee befreit, aber für unfassbar Viele kam das zu spät.

*

Fritz wohnte ungefähr eine Meile weiter nördlich, auch in der West End Avenue. Nach New Yorker Maßstäben ist die West End Avenue keine besonders gefährliche Straße, aber in New York grenzen »gute« Straßen oft an »schlechte«, und so waren nächtliche Spaziergänge nicht ohne Risiko. Um diese Stunde sah man Pärchen, die Arm in Arm gingen, ein paar Frauen, die sich schnellen Schrittes bewegten, und einige wenige Männer, die Lebensmittel oder Aktentaschen trugen, verlässliche Indizien dafür, dass es keine Räuber waren. Neger waren nicht unterwegs.

*

Fritz war gekleidet wie immer. Ich kann mich nicht erinnern, dass er jemals nicht Jackett und Schlips getragen hätte.

Ich war schon überrascht, sagte er, als ich herausfand, dass fünfzehn Leiter der Einsatzgruppen einen Doktortitel hatten. Aber ich war gar nicht überrascht, dass das im Grunde nebensächlich war. Ein Doktortitel verträgt sich offenbar mit schlimmstem Benehmen.

Er goss einen Cognac in einen Cognacschwenker und reichte ihn mir.

Wilson hatte auch einen Doktortitel, sagte er, und gab es je einen Präsidenten, der ein größerer Heuchler oder Lügner gewesen wäre?

Nixon kann es noch werden, wenn man ihm Gelegenheit dazu gibt, sagte ich.

Nixon ist ein Fall für sich, sagte Fritz, da erwarteten wir nichts anderes als Heuchelei und Lügen. Als Präsident bringt er es jedenfalls noch zu einem Ehrendoktor. Kennedy hat einen von der Yale gekriegt, nicht?

»Ich habe jetzt das Beste aus zwei Welten«, sagte ich, »das Studium in Harvard und die Promotion in Yale.«

Billiger Trick eines Redenschreibers, sagte Fritz. Wilsons billige Tricks wiederum waren auf seinem eigenen Mist gewachsen. Schon mit der »Selbstbestimmung der Nationen« und der »demokratiefesten Welt« hatte er sich ein warmes Plätzchen in der Hölle gesichert, noch schlimmer war allerdings, dass er in Bezug auf seinen Gesundheitszustand gut anderthalb Jahre lang gelogen hat und arbeitsunfähig im Weißen Haus herumlag, während seine Frau und Colonel House die Staatsgeschäfte führten.

Fritz schien noch etwas sagen zu wollen, nippte dann jedoch an seinem Cognac.

Wäre Wilson der König eines alten Subsahara-Reichs wie Ghana, Mali oder Songhai gewesen, über die Graham gearbeitet hatte, hätte man ihn feierlich getötet und statt seiner einen neuen, gesunden Monarchen eingesetzt.

Vielleicht dachte Fritz dasselbe gerade auch, denn er wechselte schnell das Thema und kam auf die U.S.S. Pueblo zu sprechen. Keiner von uns beiden wollte jetzt schon eine Eloge auf Graham halten.

Die U.S.S. Pueblo kreuzte in internationalen Gewässern, als sie von Nordkoreanern gekapert wurde. Ein Matrose wurde getötet. Der Kapitän und zweiundachtzig andere Besatzungsmitglieder wurden gefangengenommen und angeblich auch gefoltert. Dennoch bombardierten die Amerikaner Pjöngjang nicht.

Wäre nicht Vietnam, darin waren Fritz und ich uns einig, würden die Amerikaner noch einmal Krieg gegen

Nordkorea führen. Wir waren uns einig, dass das Leben der gefangengehaltenen Amerikaner nur durch Verhandlungen gerettet werden konnte. Blähten Johnson und seine Berater den Zwischenfall zu einer Angelegenheit der »nationalen Ehre« auf, auch darin waren wir uns einig, wäre das Leben dieser Männer verloren und das vieler, vieler anderer dazu.

Wie üblich mieden Fritz und ich Smalltalk, und wie üblich sprach keiner von uns über sich selbst. Abgesehen davon, was er mir über seine Eltern erzählt hatte, wusste ich eigentlich über ihn so wenig wie er über mich. Aber darauf kam es nicht an. Gespräche mit Fritz waren völlig anders als Gespräche mit Cartwright.

Als ich auf die Uhr sah, war es bereits nach Mitternacht.

Ich geh mal lieber, sagte ich.

Um diese nächtliche Stunde, sagte Fritz, dauert es eine Weile, bis man ein Taxi erwischt. Ich warte mit dir.

Nicht nötig, sagte ich.

Ich bleibe nicht lange, sagte Fritz.

*

Die West End Avenue war still und verlassen. Ich war froh, dass Fritz darauf bestanden hatte, mit mir zu warten.

Ein Phänomen, zu dem sich Historiker im Allgemeinen ungern äußern, ist das »Glück«, an das Soldaten glauben. Historiker hängen im Allgemeinen dem Glauben an, die Vergangenheit ließe sich so erklären, dass sie einen »Sinn« ergibt. Doch »Sinn« ist möglicherweise bereits an sich eine zweifelhafte Annahme. Hätte ich allein dort gestanden, hätte etwas Schreckliches geschehen oder ein Taxi kommen können, das mich wohlbehalten nach Hause brachte.

Die eine Möglichkeit ergab nicht mehr »Sinn« als die andere.

Nach einer Weile war ich es doch leid, in so großer Gefahr zu sein, sagte Fritz, und wollte mein Schicksal, wenigstens soweit das möglich ist, selbst in die Hand nehmen.

Er klopfte auf seine Brusttasche, lächelte aber nicht.

Abends machten Sonia und ich nach dem Essen meist noch einen Spaziergang, obwohl wir zu den am stärksten gefährdeten New Yorkern gehörten. Doch als ich vorschlug, uns eine Waffe anzuschaffen, protestierte Sonia. Wärst du wirklich bereit, einen Menschen zu erschießen, sagte sie, bloß weil er dein Geld stehlen will? Ein Menschenleben ist ja wohl mehr wert als ein paar Dollar.

*

Auch wenn man uns beigebracht hatte, dass wir mit dem Töten der Hunnen die Frauen Europas vor etwas bewahrten, das viel schlimmer war als der Tod, hielt ich mir zugute, der Kriegspropaganda nicht erlegen zu sein. Trotzdem empfand ich keinerlei Reue, als ich zum ersten Mal einen deutschen Soldaten sah, der starb, weil ich auf ihn geschossen hatte. Vielleicht habe ich auch noch andere getötet, bei diesem war ich mir aber sicher. Als unser Trupp auf einen Schützengraben vorrückte, liefen die Deutschen davon. Dem Soldaten, den ich tötete, schoss ich in den Rücken.

9.

Grahams Kinder kamen mit dem Flugzeug aus Kalifornien herüber. Die Beerdigung fand in einer großen Kirche statt, die Graham nie besucht hatte. Der Geistliche gab sich Mühe, so zu klingen, als hätte er den Toten gekannt. Mrs. Ryan weinte die ganze Trauerfeier hindurch. Fritz war nicht da. Als ich Schiwa saß, war er jeden Tag gekommen, die Trauerfeier für Sonia hatte er aber nicht besucht. Er hatte nie eine Erklärung dazu abgegeben, und ich hatte nie eine verlangt.

Auf dem Weg zum Friedhof weinte Mrs. Ryan immer noch.

Es gab einen Leichenschmaus in einem Restaurant. Grahams Kinder hatte ich zum letzten Mal bei der Beerdigung seiner Frau gesehen. Die zwei Töchter und der Sohn waren braungebrannt.

In Kalifornien erkrankten wohlhabende Frauen sechsmal so häufig an Hautkrebs wie arme. Manche hielten das vielleicht für eine »Ironie«, aber dafür, dass etwas eine »Ironie« war, musste die Welt anders sein, als sie ist. Wenn man stundenlang in der Sonne liegt, muss man mit Hautkrebs rechnen.

Der Sohn setzte sich neben Mrs. Ryan und tätschelte ihr die Hand. Es werde, sagte er zu ihr, bestimmt mehrere Monate dauern, bis die Wohnung seines Vaters verkauft war. Und bestimmt hatte der auch in seinem Testament an sie gedacht.

Eine kalte Bande, sagte Mrs. Ryan, als wir wieder in Grahams Wohnung waren. Jetzt wird wohl meine älteste Tochter mit mir auskommen müssen.

Sie schüttelte nachdenklich den Kopf und zog ein Taschentuch aus der Schürzentasche.

Das ist etwas, Professor, woran ich mich nie gewöhnen werde. Es war bestimmt nicht vor seiner Zeit, aber der arme Mann wird mir fehlen wie jemand aus meiner eigenen Familie.

Graham war dreiundachtzig gewesen und hatte jahrelang gelitten. In Bezug auf den Tod war ich sehr vernünftig. Dennoch wachte ich jeden Morgen mit Sonias Tod unversöhnt auf.

10.

Mit den dunklen Schatten unter den Augen sah Eva viel älter aus. Ich fragte, wie ein Vater es sollte, ob sie genug Schlaf bekam.

Ich habe nie genug Schlaf bekommen, Dad, sagte sie, aber das bin ich gewöhnt. Nicht gewöhnt bin ich, mir Sorgen um Maria zu machen.

Eva und Robert wohnten in einer der Luxuswohnungen an der Fifth Avenue, die es jetzt anstelle der Villen an der »Millionärszeile« gab, in denen Menschen wie Sonias Familie gelebt hatten. Ihr Wohnzimmer war riesig, aber Eva und ich saßen immer in der Küche.

Maria, sagte sie, habe sich mit einem verheirateten Mann eingelassen. Er ist der Leiter des Fachbereichs Romanistik. Maria glaubt, sie liebe ihn. Sie glaubt, er liebe sie. Aber Männer wie er verlassen ihre Ehefrauen nicht. Mit Studentinnen zu schlafen betrachten sie als Gehaltszulage. Und wegen der Pille gibt es überall junge Frauen, die meinen, sie könnten jetzt tun, was sie wollten. Alle reden daher, als wäre es durchweg positiv, »Erfahrungen«

zu machen, manche Erfahrungen können aber das Leben eines Menschen ruinieren.

Das Telefon läutete.

Robert, sagte Eva, ruft an. Es wird später.

*

Wärst du mit einem Sandwich zufrieden?, sagte Eva. Ich koche neuerdings immer seltener.

Ein Sandwich, sagte ich, wäre genau richtig.

Sonia hatte nicht kochen gelernt. Mrs. Goldman fand, die Küche sei viel zu gefährlich. Außerdem wurden die Mahlzeiten für die Familie sowieso von Mrs. Brown zubereitet. Doch als Sonia noch ein Teenager war, hatte Mrs. Goldman Mrs. Brown erlaubt, Sonia beizubringen, wie man Sandwiches macht.

Eva machte Sandwiches mit Schweizer Käse und Tomaten. Sie rede, erzählte sie mir, Robert gut zu, weniger zu arbeiten, aber außer dem Rentenmarkt schien ihn nur wenig zu interessieren.

Und Maria, sagte sie, hält er immer noch für neun. Vielleicht ist sie ja auf der Suche nach einer Vaterfigur. Ich weiß, das ist Pop-Psychologie übelster Sorte, aber Robert hat sich immer schwer damit getan, elterliche Autorität geltend zu machen. Das Familienoberhaupt war immer ich, ob du's glaubst oder nicht. Du kannst dir denken, dass das eine Katastrophe war. Jedes Mal, wenn ich etwas Heikles mit ihm besprechen will, hört Robert bloß zu und sagt ja zu allem, was ich sage. Er ist ein Ass in seinem Metier und verdient einen Haufen Geld, das wir eigentlich nicht brauchen, aber ich fürchte, viel gemeinsam haben wir nicht mehr. Einmal habe ich angeregt, dass wir uns gegenseitig vorlesen, und er sagte sofort ja. Ich dachte, Hemingways

»Soldaten zu Hause« könnte ihm gefallen, aber noch ehe ich zwei Seiten gelesen hatte, war er eingeschlafen.

Sonia fand es sehr seltsam, dass Evas Wahl auf Robert gefallen war.

Er ist doch so von ihr eingeschüchtert, hatte sie gesagt. Er ist ja sogar von mir eingeschüchtert.

Entschuldige Dad, sagte Eva. Ich wollte mich wirklich nicht über Robert beklagen. Er ist ein sehr anständiger Mensch, und er liebt mich, das weiß ich. Maria liebt er auch. Ich will ganz bestimmt nicht ihm die Schuld an der Misere geben. Wenn jemand daran schuld ist, bin ich es. Ich hab mich so für die Lehre und Forschung verausgabt und möchte auch ein verantwortungsvoller Bürger sein, da ist für eine gute Mutter offenbar nichts übrig geblieben. Mama war immer für mich da. Ich wusste, was Mama auch gerade tut, sie hört sofort damit auf und schenkt mir soviel Aufmerksamkeit, wie ich brauche. Ganz gleich, worum es ging. Einmal kam ich weinend heim, weil ein Lehrer mir für eine Kurzgeschichte nur eine 85 gegeben hatte. Ich selber fand meine Geschichte aber toll und die 85 furchtbar ungerecht. Da ist Mama mit mir in ihr Arbeitszimmer gegangen, hat mich ihr die Geschichte vorlesen lassen und mich anschließend sehr sanft und liebevoll, nur durch die richtigen Fragen, von selbst darauf gebracht, was am Schluss der Geschichte nicht hingehauen hat. Die arme Maria hat so etwas nie erlebt. Sie kennt nur eine Mutter, die dauernd auf dem Sprung ist zu irgendetwas, was sie viel wichtiger findet als ihre Tochter.

Wenn ich mich konzentrierte, hörte ich das leise Gesumm des Verkehrs, das von weit unten in der Fifth Avenue heraufdrang. Eva hatte Tränen in den Augen. Als sie ihr über die Wangen liefen, griff ich über den Tisch und fing eine mit dem Zeigefinger auf.

11.

Alden Cominsky klang noch aufgebrachter als sonst. Studenten hatten Hamilton Hall übernommen. Ein Studiendekan wurde als Geisel gehalten. Sie waren in die Low Library eingebrochen. Es hieß, sie hätten auch das Büro von Präsident Kirk besetzt.

Alden wusste nicht genau, worüber sie sich beschwerten, hatte aber schon ein mulmiges Gefühl, seit ein Student bei der Gedenkfeier für Martin Luther King das Podium gestürmt und der Universität Heuchelei vorgeworfen hatte.

Ob es zu Ausbrüchen von Gewalt kam? Ob Präsident Kirk die Polizei rufen werde? Was glaubte ich? Ich antwortete dasselbe wie immer, wenn ich nach etwas gefragt werde, das in der Zukunft liegt.

Ich bin kein Held, sagte Alden.

Das erwartet auch niemand von Ihnen, sagte ich.

Alden der Ängstliche, jetzt Professor Cominsky, hätte aus eigenem Antrieb keine Dissertation über Shays' Aufstand geschrieben, aber ich war sein Betreuer, und in der Funktion kam meine Stimme der Gottes gleich.

Alden sah sich umringt von gefährlichen Menschen, die mehr Macht besaßen als er selbst. Er sehnte sich nach Schutz. Er vertraute nur vorschriftsmäßig begründeter Autorität. Für den einfachen Bürger stellen jedoch nicht nur Kriminelle, sondern auch der Staat eine Gefahr dar.

Hypotheken waren zu Unrecht zwangsvollstreckt und Schuldner ins Gefängnis geworfen worden. Die Bauern aus West-Massachusetts beschlossen, sich gegen ihre Regierung zu erheben, wenn nötig mit Gewalt. Samuel Adams, einst selbst Verfechter der Revolution, plädierte dafür, dass Radikale wie Shays und seine Anhänger gehängt werden sollten. Jefferson, in Paris in Sicherheit, schrieb: *ein kleiner Aufstand ab und zu ist eine gute Sache … Der Freiheitsbaum muss ab und zu mit dem Blut von Patrioten und Tyrannen gegossen werden. Es ist sein natürlicher Dünger.*

Solche Sachen schrieb er. Hätte er jedoch 1831 noch gelebt, als Nat Turner, sein Landsmann aus Virginia, einen Aufstand anzettelte, wäre Jefferson wahrscheinlich nicht ganz so kregel gewesen.

Zwei Tage später rief Alden an. Inzwischen machten Tausende Studenten mit. Sie hatten drei weitere Gebäude besetzt. Schwarze Studenten hatten ihre weißen Kommilitonen aus Hamilton Hall ausgeschlossen und das College in Malcolm X Hall umbenannt. Unterricht abzuhalten war nicht mehr möglich.

Die Studenten forderten den Abbruch der Beziehungen zwischen der Universität und dem Institute for Defence Analysis, das Mittel aus dem Verteidigungsministerium erhielt und auf dem Campus Rüstungsforschung betrieb. Präsident Kirk saß dort im Aufsichtsrat. Die Studenten forderten auch einen Baustopp bei der Sporthalle, die die Universität in Morningside Park, mit Blick über Harlem, errichtete. Ihr Schlachtruf lautete »Gym Crow Must Go«. Die Sporthalle war zu einem Symbol weißer Hegemonie geworden, und bei Symbolen lassen Menschen nicht mit sich reden.

Die Forderung nach einer je zur Hälfte aus Studenten und aus Fakultätsmitgliedern besetzten Disziplinarkommission hätte die Verwaltung ohne Weiteres erfüllen können, die Studenten verlangten außerdem jedoch eine Amnestie für alle, die an den Besetzungen beteiligt gewesen waren. Wie man sah, wussten die protestierenden Studenten trotz ihrer »Revolutions«-Rhetorik also sehr wohl, dass Präsident Kirk nicht Nikolaus II. war und sie nicht der Petrograder Sowjet der Arbeiter- und Soldatendeputierten waren.

Die Studenten forderten allerdings nicht, dass die Universität ihren Namen änderte. Das hatte sie früher schon einmal getan. Bei ihrer Gründung 1754 war sie zu Ehren von Georg II. von England King's College getauft worden. Kurz nach der Unabhängigkeit wählten die Amerikaner 1784 einen ihnen gemäßeren Namen. In den Vereinigten Staaten sind mehr Orte nach Christopher Kolumbus benannt als nach irgendeinem anderen, George Washington ausgenommen. Die Hauptstadt der Nation verbindet beide Namen. Es gab sogar einmal eine Zeit, in der »Columbia« als Synonym für die Vereinigten Staaten selbst verwendet wurde. Aber so wenig man Washington die vierhundert Sklaven krummnahm, die er besaß, so wenig zählten wohl auch die fünfhundertfünfzig Taino-Indianer, die Kolumbus nach Cádiz bringen ließ, um sie als Sklaven verkaufen zu lassen.

Die meisten Amerikaner, Studenten eingeschlossen, wussten natürlich nicht viel über Kolumbus, genau wie bei Washington kaum jemand an den Sklavenhalter dachte. Zudem gewinnen Ortsnamen und die Namen von Universitäten sowieso ein Eigenleben.

Danach rief Alden vier Tage lang regelmäßig aus der Wohnung seiner Mutter in Rego Park an. Da er mit seiner Anschrift in Manhattan im Telefonbuch verzeichnet war, hielt er es für klüger, dort zu bleiben.

Am 30. April, einem Dienstag, forderte Kirk trotz anderslautender Zusicherungen die New Yorker Polizei an. Wenn die Studenten ihren Anweisungen Folge leisteten und die besetzten Gebäude räumten, würde keine Gewalt angewandt, wenn sie die Gebäude jedoch nicht verlassen wollten, wurden sie zusammengeschlagen. Bilder davon sendete das Fernsehen nicht, man sah aber blutüberströmte Studenten, die zu Krankenwagen und Gefängnistransportern gingen oder geschleppt wurden.

In der Woche darauf gab die Universität bekannt, dass die Rädelsführer unter den studentischen Besetzern suspendiert wurden. Man wollte auch die für sie zuständigen Einberufungsbehörden verständigen, dass sie ihre Freistellung eingebüßt hatten und zum Wehrdienst eingezogen werden konnten.

Die *New York Times* bezeichnete die Studenten als Nihilisten und rief ihre Kommilitonen und die Fakultät dazu auf, sie zu isolieren, damit sie nicht noch mehr Schaden anrichten konnten.

Ich fand nicht, dass auf einem Campus militärische Forschung betrieben werden sollte. Zu der inkriminierten Sporthalle hatte ich keine Meinung. Aber ich traute den Beweggründen derer nicht, die mit so großem Eifer die Konfrontation suchten. Studenten, die im Sommer 1964 nach Mississippi gefahren waren und unter Einsatz ihres eigenen Lebens Negern geholfen hatten, sich in die Wählerverzeichnisse einzutragen, waren für Sonia große amerikanische Helden. Studenten jedoch, die Kirks Sherry getrunken, seine Zigarren geraucht und in seinen Papierkorb uriniert hatten, waren für sie keine.

Eva und Sammy hatten angerufen, sie voller Bedauern, er voller Schadenfreude. Fritz war in Paris gewesen.

12.

Ich sprach nun nicht mehr mit Sonia. In den ersten Monaten hatte ich noch in der Dunkelheit unseres Schlafzimmers gelegen und mit ihr gesprochen und im Geiste ihre Stimme gehört. Aber sie konnte mich nicht mehr berühren, und ich konnte sie nicht mehr berühren. Und so sprach ich irgendwann nicht mehr mit ihr und schlief auch nicht mehr in unserem Zimmer. Ich übernachtete jetzt auf dem Fußboden meines Arbeitszimmers, ein Mönch, der Buße tut für die Sünde, am Leben zu sein.

Aber nach dem Anruf von Fritz sprach ich doch noch einmal mit ihr.

Ich weiß nicht, was ich ihm sagen soll, sagte ich, und Sonia war so vernünftig wie immer.

Manchmal gibt es nichts zu sagen. Das muss man wissen. Manchmal kann man nur anbieten, da zu sein, mehr nicht.

*

Wir gingen zu der Promenade am Hudson. Sonia und ich waren hier oft bis zu Grants Grab gewandert. Tagsüber war der Riverside Park immer sehr belebt.

Die Franzosen, sagte Fritz, die bis zur Halskrause in eigenen Studentenprotesten steckten, sahen mit enormer Schadenfreude, wie die Polizei auf unsere Studenten einschlug, bis Blut floss. Das genügte ihnen als Beweis, dass die Vereinigten Staaten auf dem besten Weg waren, ein faschistischer Staat zu werden. Unsere Studenten verstehen dieses Land im Grunde aber nicht besser als die Franzosen. Wenn man Universitätsgebäude besetzt, Eigentum zerstört und Menschen als Geiseln hält, stärkt man in einem Land wie den Vereinigten Staaten nur den Rückhalt für die Politik, die man eigentlich bekämpft, und sonst gar nichts. Natürlich ist der politische Prozess frustrierend, aber wenn man ihn ablehnt, bleibt nur die Gewalt. Man muss bereit sein, sich mit Leuten an einen Tisch zu setzen, die man lieber an die Wand stellen möchte. Ist man das nicht, gewinnt immer die Seite mit den meisten Waffen. Ich weiß, ich höre mich an wie ein Dorfprediger, Mendel, aber wer diese Kinder zu Freunden hat, braucht keine Feinde.

Fritz hatte zu seinem normalen Professorenton zurückgefunden. Am Telefon hatte seine Stimme dünn und zittrig geklungen.

Von Paris, sagte er, bin ich mit dem Zug nach Heidelberg gefahren. Nach diesem irrsinnigen Krieg kam mir Heidelberg regelrecht idyllisch vor. Wohin ich auch schaute, es war, als sähe ich den Frieden selbst. Und in der Universitätsbibliothek herrschte eine wunderbare Stille.

Über Luther wollte ich schon schreiben, seit ich *Von den Juden und ihren Lügen* gelesen hatte. Damit hat er den Nazis ein großes Geschenk gemacht. In Nürnberg behauptete Julius Streicher ja auch zu Recht, er habe nie etwas über Juden geäußert, was Luther vierhundert Jahre zuvor nicht auch schon geäußert hatte.

Für die meisten Protestanten ist Luther nach wie vor der, der sie vor der Verdorbenheit der römischen Kirche bewahrt hat. Doch die Nazis wussten es besser. Sie haben *Von den Juden und ihren Lügen* nachgedruckt, wo er unter anderem empfahl, alle Synagogen niederzubrennen. Nach der Kristallnacht, in der die Nazis seiner Empfehlung folgten, gab der thüringische Landesbischof Sasse eine Sammlung der antisemitischen Schriften Luthers heraus und merkte an, dass der 10. November, an dem die Synagogen noch brannten, passenderweise Luthers Geburtstag war.

Ich wollte in meiner Dissertation zeigen, wie einflussreich Luthers abstoßender Antisemitismus gewesen war. Ich war damals sehr diszipliniert und schloss sie in weniger als zwei Jahren ab. Anschließend begann ich an der Universität zu unterrichten. Ich war sicher, dass ich den Rest meines Lebens in Heidelberg verbringen würde. Ich wäre genau wie Kant, der auch nicht ein einziges Mal den Drang verspürte, Königsberg zu verlassen.

Aber Heidelberg war natürlich nicht gerade das Paradies. Dort begriff ich, dass Studenten nicht klüger und nicht menschlicher sind als andere. Die meisten Studentenverbindungen waren völkisch, einige hatten sogar schon zehn Jahre vor der Machtergreifung der Nazis einen »Arierparagraphen« eingeführt.

Mein Leben tangierten die Verbindungen eigentlich nicht. Eines Tages aber flatterten Hakenkreuzfahnen an fast allen Masten. Hitler war in Heidelberg auf Wahlkampftour. Ich ging hin, um ihn zu hören und mich davon zu überzeugen, dass er als Reichskanzler chancenlos war. Ich war überzeugt, dass man einen, der Unsinn wie *Mein Kampf* verfasst hatte, nicht ernst nehmen konnte. Naiv, wie ich war, dachte ich, das wäre doch grotesk – mit der Stimme, die sich anhörte, als werde er gewürgt, und den lächerlichen Gesten. Bei der Art und Weise, in der die Zuhörer an dem Abend auf ihn reagierten, blieb einem aber das Lachen im Halse stecken, und mir dämmerte, dass ich Deutschland verlassen musste, wenn Hitler Kanzler wurde.

Er hatte seinen Antisemitismus für die Zeit des Wahlkampfs abgemildert, aber Erich Fromm und Hannah Arendt waren wie ich der Meinung, dass sogar säkulare Juden wie wir nicht in Deutschland bleiben konnten, wenn die Nationalsozialisten an die Macht kamen.

Ich wusste, dass Fritz sich ab und zu mit Erich Fromm und Hannah Arendt traf, er hatte mich aber nie mitgenommen, damit ich sie kennenlernte.

Erich und ich emigrierten ungefähr zur gleichen Zeit in die Staaten, sagte er, doch Hannah glaubte, in Prag wäre sie sicher. Als sich das als Irrtum erwies, floh sie nach Paris. Das ging nicht besser aus, und sie landete in einem Internierungslager in Gurs. Ohne Varian Fry und sein Rettungsnetzwerk wäre sie womöglich in Auschwitz gelandet.

In New York machten Erich, sie und ich da weiter, wo wir aufgehört hatten.

Fritz blieb unvermittelt stehen und sah mich an.

Und ich belog sie, sagte er, wie ich es immer getan hatte.

Fritz und ich sahen uns mitten auf der Promenade direkt in die Augen, und die Leute gingen um uns herum.

Wir belügen unsere Freunde, sagte er schließlich, auf eine Art, wie wir andere nicht belügen können.

*

Als wir schließlich bei Grants Grab waren, wies Fritz auf eine Bank, und wir setzten uns.

Da ich nicht wusste, was ich sonst tun sollte, sah ich zu den bauschigen weißen Wolken hinauf, deren Bezeichnung mir unbekannt war. Die Sinne, die ich als Kind abgeschaltet hatte, waren teilweise mein ganzes Leben lang abgeschaltet geblieben. Von Sonia hatte ich gelernt, Musik zu hören, Blumen zu riechen und die Nahrung, die ich zu mir nahm, wirklich zu schmecken. Mir etwas genau ansehen tat ich jedoch so gut wie nie.

War Fritz Kommunist gewesen? Das war für mich so unvorstellbar wie die Möglichkeit, dass er, falls es so war, in dem Punkt log.

Oder hatte er ein entsetzliches Verbrechen begangen? Man glaubte lange, die den Deutschen während des Ersten Weltkriegs zugeschriebenen Verbrechen wären lediglich das Werk der alliierten Propaganda gewesen. Neuere Forschung zeigte jedoch, dass viele der schlimmsten Taten wirklich begangen worden waren. Krieg lässt das Töten »normal« werden, und so wird alles andere ebenfalls möglich. Doch warum sollte ich, der ich »nur« feindliche Soldaten getötet hatte, unterstellen, Fritz hätte etwas anderes getan?

Es gab allerdings auch wissenschaftliches Fehlverhalten. Zu plagiieren war in unserer keimfreien kleinen Welt furchtbar. Daten zu verfälschen war unverzeihlich. Sich die Forschungsergebnisse anderer anzueignen war gemein. Aber anzunehmen, Fritz hätte sich irgendetwas davon zuschulden kommen lassen, war absurd. Er war ein Wissenschaftler von höchster Integrität und schrieb nicht ein Wort, das nicht durch Quellen gestützt gewesen wäre.

Eine Frau, die einen Kinderwagen schob, ging langsam vorbei. Sie trug keinen Ehering. Doch noch ehe ich einen Gedanken formulieren konnte, begann Fritz zu sprechen. Es dauerte einen Moment, bis ich begriff, dass er deutsch sprach.

Im Krieg, in dem wir ja beide gekämpft haben, sagte er, war ich mutig. Aber nur, glaube ich heute, weil ich bereit war, den Heldentod zu sterben. Auf die Weise hätte ich weder mir selbst noch meinen Eltern Schande gemacht. Verstehst du, was ich dir sagen will, Mendel?

Ich ging nach Paris, weil Claude, ein Mann, den ich sehr geliebt hatte, im Sterben lag.

In *Die Kunst des Liebens* behauptete Erich, die »männlich-weibliche Polarität« sei die Basis der »zwischenmenschlichen Kreativität«. Die »homosexuelle Abweichung« entstehe dadurch, dass diese Vereinigung nicht zustande komme, so dass der Homosexuelle unter dem Schmerz der »nicht aufgehobenen Getrenntheit« leidet.

Wie wenig er doch verstand, und wie schädlich seine Ideen waren! Ein wirklicher Freund hätte ihm das gesagt. Feiglinge können aber keine wirklichen Freunde sein. Entweder sie lügen, oder sie bekommen den Mund nicht auf.

Es tut mir sehr leid, Mendel. Ich hätte dir vertrauen sollen.

Ich schüttelte den Kopf und hoffte, Fritz würde das so deuten, dass seine Worte unsere Freundschaft nicht beeinträchtigten.

Tauben stolzierten vor uns herum. Aus irgendeinem Grund war es wichtig, dass man in der grellen Sonne nicht feststellen konnte, welche Farbe ein Taubenhals tatsächlich hatte.

Nach einer kurzen Weile fragte Fritz, jetzt wieder auf Englisch, ob ich lieber zu Fuß zurück oder noch ein Stück den Riverside Drive entlanggehen und den Bus nehmen wollte.

Es ist so ein schöner Tag, sagte ich, gehen wir doch zu Fuß.

*

Sollte ich so tun, als ob sich nichts verändert hätte?

Hat es denn?

Ich hoffe nicht, weiß es aber beim besten Willen nicht.

Hast du Angst?

Auch das weiß ich nicht.

13.

Sammy war Mitglied der Historischen Buchgemeinschaft und las regelmäßig dicke Bände mit detaillierten Schilderungen der von den Kommunisten begangenen Verbrechen. Für die heute von ihnen verübten Verbrechen verließ er sich auf das *Wall Street Journal*, auf *Commentary* und *The National Review*.

Die Kommunisten waren keine Kraft des Guten in der Welt. Sie hatten schreckliche Dinge getan: in Russland und China, in Ostdeutschland, Polen und Ungarn. Doch was im Kern ein Bürgerkrieg in Vietnam war, setzte ich ihm geduldig auseinander, gehörte nicht zu einer weltweiten kommunistischen Verschwörung. Als Hồ Chí Minh im September 1945 in Hanoi die Unabhängigkeit Vietnams ausrief, standen Amerikaner neben ihm auf dem Podium. Amerikaner waren auch seine Verbündeten im Kampf gegen Japan gewesen. Er zitierte aus der Unabhängigkeitserklärung. Im Jahr darauf schrieb er achtmal an Präsident Truman und bat um amerikanischen Beistand, bekam von ihm aber ebenso wenig Antwort wie zuvor von Präsident Wilson. Roosevelt hatte Vietnams Unabhängigkeit gewollt, doch in der Nachkriegszeit wollten amerikanische Politiker, die die Welt in die kommunistische Welt und die »freie« Welt eingeteilt hatten, gewährleisten, dass die »freie« Welt Frankreichs auch künftig ein verlässlicher Bündnispartner in Europa blieb. Daher unterstützten sie französische Bestrebungen zur Rekolonialisierung Vietnams. Als die Schlacht von Dien Bien Phu 1954 mit der Niederlage der Franzosen endete, waren es Amerikaner, die den Großteil der Kriegskosten bezahlten. Im Genfer Abkommen wurden die Teilung Vietnams am 17. Breitengrad festgelegt und die Durchführung von Wahlen im

Jahre 1956 vereinbart, die allerdings nicht stattfanden, da die von den Amerikanern unterstützte Regierung des Südens wie alle anderen auch wusste, dass Hồ Chí Minh achtzig Prozent der Wählerstimmen bekommen hätte.

Ein vereinigtes Vietnam unter Hồ Chí Minh hätte für die Vereinigten Staaten keine Bedrohung dargestellt. Seiner Ideologie nach zwar Kommunist, war Hồ Chí Minh in erster Linie jedoch ein vietnamesischer Nationalist, dessen Hauptanliegen die Verteidigung seines Landes gegen den historischen Feind China war. Er hatte unsere Hilfe gewollt. Wir hätten sie ihm gewähren sollen. Es gab keinen Grund dafür, dass Amerikaner in Vietnam Krieg führten.

Sammy war nicht gewillt, an all das auch nur einen Gedanken zu verschwenden. Wie Brewster glaubte er, ich verstünde nicht, wie übel unsere Feinde waren. Und nun äußerte Aaron, der ihm bisher nie Anlass zur Sorge gegeben hatte, sogar noch schlimmere Dinge.

Das Mädchen hat ihm eine Gehirnwäsche verpasst, sagte Sammy. Du hättest sie mal hören sollen! Ihr zufolge führen wir uns in Vietnam noch schlimmer auf als die Nazis. Sie findet, gegen den Krieg zu protestieren reiche nicht. Es sei an der Zeit, Widerstand zu leisten. Ich ihr also erklärt, dass sogar friedliche Demonstrationen bloß Hanoi helfen und den Tod amerikanischer Soldaten zur Folge haben, und dass Hanoi so lange weiterkämpft, solange die Amerikaner gespalten sind. Und ich habe ihr erzählt, dass ein Menschenleben Asiaten viel weniger wert ist als uns. Aber dieses Mädchen ist eine Fanatikerin, und bei denen redet man gegen eine Wand.

Du wirst es nicht glauben, aber Aaron spricht davon, das Semester nicht zu Ende zu studieren, damit er sich den ganzen Tag seiner Antikriegsarbeit widmen kann. Er soll in zwei Monaten seinen Abschluss machen, und er verliert, wenn er das Studium abbricht, die Freistellung vom Wehrdienst.

Studenten nicht einzuberufen war eine Taktik Johnsons, mit der er sich das Schweigen der Mittelschichtseltern zum Krieg zu sichern hoffte. In dem Krieg, in dem Sammy gekämpft hatte, hatte Roosevelt vier Söhne an der Front.

Wenn Aaron eingezogen wird, bist du deine Sorgen doch los. Aber das sprach ich nicht aus. Wie so viele andere wollte Sammy, dass nur die Söhne anderer Leute in Vietnam kämpften.

Aaron, sagte er, befindet sich in der Phase massiver Auflehnung gegen die berühmte Vaterfigur. Auf dich hört er aber vielleicht.

Du möchtest, dass ich ihm sage, er soll an der Uni bleiben?

Fürs erste ja, sagte Sammy. Du bist nicht sein Vater, der außer vom Geldverdienen von nichts eine Ahnung hat. Es ist dieses Mädchen. Du hättest sie wirklich hören sollen! Sitzt da, an unserem Esstisch, und erzählt, der Krieg müsse »mit allen erforderlichen Mitteln« beendet werden.

Du bist deinen Weg gegangen, sagte ich, und Aaron muss vielleicht seinen gehen.

Meiner, sagte Sammy, bestand darin, ein guter Jude zu sein und mich in der Schule und danach im Beruf anzustrengen. Meiner war nicht, ein Hippie zu werden und meinem Land in den Rücken zu fallen. Der Junge hat es einfach zu gut gehabt. Sein Leben war zu leicht, er findet, da muss ein bisschen Drama her.

Wenn er sich schon entschieden hat, sich vom Studium freizunehmen, sagte ich, werde ich wahrscheinlich auch nicht viel ausrichten können, ganz gleich, was ich ihm sage.

Sich über die Wünsche seiner blinden Großmutter

hinwegzusetzen hätte Aaron jedoch nicht fertiggebracht. Wenn Sonia ihn gebeten hätte, an der Uni zu bleiben, hätte er nicht nein sagen können.

Hat Amy mit ihm gesprochen?, sagte ich.

Natürlich hat meine liebe verständnisvolle Frau mit ihm gesprochen. Ich brauche aber dich, du sollst mit ihm reden. Und da ist noch etwas. Sie ist keine Jüdin, da bin ich mir sicher. Im Grunde ist es das, was Aaron an dem Mädchen gefällt, da bin ich mir sicher.

14.

Beim Thanksgiving-Dinner 1962 versuchten wir es zum letzten Mal mit familiärer Harmonie.

Die Agentur hatte uns einen Koch und ein Mädchen geschickt, beides Neger. Ich wollte Negern ehrliche Arbeit bestimmt nicht vorenthalten und konnte auch nachvollziehen, warum so viele immer noch bei Weißen bedienten, hätte mich allerdings weniger unwohl gefühlt, wenn jemand wie Mrs. Ryan mich bedient hätte.

Das Consommé wurde in Frieden verzehrt, und Aaron und Melissa und danach James und Maria erzählten uns, wie gut sie an den hervorragenden Schulen, die sie besuchten, vorankamen. Neben den akademischen Erfolgen gab es bei Aaron von der Tennismannschaft, bei Melissa von der Schulzeitung, bei James vom Ringen und bei Maria vom Französisch-Intensivkurs zu berichten.

Das Mädchen räumte gerade die Suppenschüsseln ab, als Eva, deren Gebiet schließlich die zeitgenössische amerikanische Literatur war, sagte, sie sei endlich dazu gekommen, Philip Roths *Goodbye, Columbus* zu lesen, für das er ein oder zwei Jahre zuvor den National Book Award bekommen hatte.

Wütender von amerikanischen Juden angegriffen wurde vermutlich noch kein literarisches Werk, auch wenn es 1917 Juden gab, die sich in ähnlicher Weise über Abraham Cahans *The Rise of David Levinsky* geäußert hatten. Sonia und ich hatten *Goodbye, Columbus* noch nicht gelesen und holten das später nach, kannten aber die in der *New York Times* zitierten Aussagen von Rabbis, die Roth vorwarfen, er hätte mit seinen Porträts von Juden als Betrüger, Lügner, Heuchler und Ehebrecher so viel Schaden angerichtet wie alle antisemitischen Organisationen zusammen. Zu Dank verpflichtet, so ein Rabbi, seien ihm all die, die Juden schon zuvor für genau das gehalten hatten, was Roth ihnen nun andichtete. Diese Auffassungen wären es, erläuterte der Rabbi, die letztlich zur Ermordung von sechs Millionen in unserer Zeit geführt hätten.

Eva hatte einfach ein Buch verteidigt, das ihrer Meinung nach verleumdet worden war. Erwarteten wir wirklich, dass Schriftsteller ihre jüdischen Figuren alle zu Heiligen machten? Wollten wir wirklich, dass Juden so entmenschlicht wurden?

Ich würde vorschlagen, sagte Sonia, dass wir alle das Buch lesen und dann zusammenkommen und darüber diskutieren.

Ich für mein Teil, presste Sammy zwischen den Zähnen hervor, lese es nicht.

Dann kommen wir wohl nicht alle zusammen und sprechen darüber, sagte Sonia.

Das Mädchen brachte die Platte mit dem in Scheiben geschnittenen Truthahn herein. Ich hatte den Koch gebeten, das Tranchieren vorher in der Küche zu erledigen, denn ich hatte nie gelernt, wie man das macht. Außerdem wollte ich Eva nicht mehr verärgern als nötig. Sie war mit zehn Vegetarierin geworden. Ihrer Meinung nach war es falsch, Tiere zu töten. Ihrer Meinung nach war das Leben von Tieren ebenso kostbar wie das von Menschen.

Im allerersten Kapitel des *Bereschit* verfügt Gott, dass der Mann und die Frau, die er geschaffen hat, nur Früchte und Gemüse essen sollen. Sogar die Tiere sollen nur grüne Pflanzen fressen. Im Paradies brauchte kein Lebewesen ein anderes zu töten, um selbst zu überleben. Aber als Adam und Eva aus dem Garten Eden vertrieben worden waren, bringt ihr Sohn Gott als Opfergabe vom Fett der Erstlinge seiner Herde. Und Gott nimmt das Opfer gnädig an. Anschließend widmet sich die Thora ausführlich den Ritualen der Tieropfer. Und die Gesetze der Kaschrut erlauben Juden den Verzehr vieler Tiere des Feldes, in der Luft lebender Vögel und im Meer schwimmender Fische.

Ich bot an, das Fleischessen aufzugeben, aber Sonia glaubte nicht, dass das Eva helfen würde, sich an das Leben in einer nichtvegetarischen Welt anzupassen. Das Roastbeef auf irgendjemandes Teller, und das Zabar's auf dem Broadway, wo dieses Roastbeef gekauft worden war, sie waren ja da. Und irgendwo gab es Schlachthäuser, in denen Männer mit blutigen Schürzen Tiere töteten, die dasselbe Recht zu leben hatten wie sie.

Sich selbst nicht schuldig zu machen genügte nicht. Wenn man von der Heiligkeit tierischen Lebens überzeugt war, war etwas mehr verlangt als bloß kein Fleisch mehr zu essen. Dann war man verpflichtet, dieses entsetzliche Abschlachten zu verhindern. Aber wie? Man versuche einmal, Menschen davon zu überzeugen, dass es falsch ist, Tiere zu töten. Wer würde zuhören? Man würde sie zwingen müssen, damit aufzuhören. Aber wie? Mit Gewalt?

Aber dann wäre man genauso böse wie sie. Also konnte man vielleicht nichts tun. Wenn man der Ansicht war, es sei falsch, Tiere zu töten, war es zumindest logisch, nicht zusammen mit Leuten zu essen, die diese Ansicht nicht teilten.

Logik und das Benehmen von Menschen haben normalerweise aber wenig miteinander zu tun.

An irgendeiner Stelle, sagte Sonia, müssten Leute, die dasselbe glaubten wie Eva, einfach aufhören nachzudenken.

Eva hatte uns ein paar Mal dezent davon überzeugen wollen, Vegetarier zu werden, und dann eine Möglichkeit gefunden, mit einer Mutter und einem Vater zu leben, die sie liebte, obwohl sie an einer wirklich entsetzlichen Ungerechtigkeit mitschuldig waren.

Robert war Vegetarier geworden, weil Eva es war. Sie brachte zu Hause zwar kein Fleisch auf den Tisch, fand jedoch, es wäre autoritär, ihren Kindern zu verbieten, woanders welches zu essen.

Ich selbst war zwar nicht Vegetarier geworden, achtete aber den Antrieb dazu. Er zeigte freilich, dass es in der von Menschen geschaffenen Welt im Grunde nicht möglich war, ein moralisch widerspruchsfreies Leben zu führen.

Um uns vor Philip Roth zu retten, begann Amy, die Sammy nur einen Monat nach Evas und Roberts Hochzeit geheiratet hatte, von ihrer ehrenamtlichen Arbeit zu erzählen. Sammy hätte es lieber gesehen, wenn sie bei Hadassah oder dem United Jewish Appeal mitmachen würde, konnte aber gegen Big Brothers/Big Sisters oder die American Cancer Society nicht ernsthaft etwas einwenden. Mit Amnesty International, einer erst vor kurzem entstandenen Organisation, war er jedoch nicht einverstanden. Für den Plan, brutalen Diktatoren höfliche Briefe zu schreiben und sie zu einer Änderung ihres Verhaltens zu bewegen, hatte er nur Verachtung übrig.

Amy gab einem neunjährigen Mädchen Nachhilfe in Englisch und Rechnen.

Ein wenig Zuwendung, sagte sie, kann viel bewirken.

Niemand widersprach.

Über die Kubakrise im vergangenen Monat zu diskutieren wäre ebenso schwierig gewesen wie über Philip Roth. Sammy hätte gesagt, Härte sei die einzige Sprache, die Kommunisten verstehen, und Eva hätte gesagt, Kennedy habe einen Atomkrieg riskiert, anstatt einen Abzug amerikanischer Raketen aus der Türkei anzubieten, wenn die Russen dafür ihre aus Kuba abzogen.

Denselben Standpunkt hatte Bertrand Russell vertreten, und ich stimmte ihm zu, hätte das aber nicht geäußert. Politische Meinungsverschiedenheiten am Esstisch auszutragen hatte wenig Sinn.

Auch die Bürgerrechte taugten nicht zum ungezwungenen Tischgespräch. Sammy hieß die Diskriminierung von Negern zwar nicht gut, konnte Sit-ins, gemeinsame Busfahrten von Weißen und Schwarzen in den Süden oder Straßenprotesten und Konfrontationen mit der Polizei allerdings auch nichts abgewinnen. Und über irgendetwas in Bezug auf Neger konnten wir sowieso nicht sprechen.

Auf Partys plauderte man über Filme und Fernsehsendungen, wie man im neunzehnten Jahrhundert über den neuesten Roman von Dickens oder Trollope gesprochen hatte. Sonia und ich hatten gerade *Das Urteil von Nürnberg* gesehen. Ich fragte, ob noch jemand den Film kannte und bereute es fast im gleichen Augenblick. Von den Verbrechen der Nazis leitete Sammy rasch zu Israel über.

Für die Satmarer Chassidim war der Staat Israel ein Sakrileg, da sie glaubten, die Ankunft des Messias müsse der Gründung eines solchen Staates vorausgehen. Sammy fertigte die Satmar kurzerhand als religiöse Spinner ab. Auch seine Schwester und seine Eltern fanden bei ihm keine Milde, waren wir in seinen Augen doch säkulare Juden der schlimmsten Sorte, schämten uns unseres Judeseins und scherten uns nicht um das Schicksal des jüdischen Volkes.

Historiker trauten der Thora nicht mehr, als sie einem Text in Farsi trauen würden, in dem geschrieben stünde, Allah hätte die Insel Manhattan den Persern versprochen. Weder der Auszug aus Ägypten noch die Landnahme Kanaans sind durch alte Quellen gestützt, was ein gutes Indiz dafür ist, dass es sich um Fälschungen handelt. Aber selbst wenn diese Ereignisse tatsächlich stattgefunden hätten, ließe sich der Anspruch, Gott habe das Land Kanaan den Hebräern versprochen, wenngleich dort bereits Amoriter, Hethiter, Perisiter, Kanaaniter, Hiwiter und Jebusiter lebten, Völker, deren Ausrottung den Hebräern aufgetragen war, naturgemäß nicht beweisen. Viele Stämme amerikanischer Indianer glaubten, der Große Geist habe sie auf heiliges Land gestellt, was wiederum jene problemlos missachteten, die ihrerseits glaubten, es wäre die offenkundige Bestimmung der Weißen, *sich über das Land auszubreiten, das ihnen von der Vorsehung bestimmt ist.*

Doch selbst wenn Palästina nicht das Heilige Land war, das Gott ihnen gegeben hatte, war es nach der Ermordung des größten Teils der europäischen Juden nicht trotzdem gerechtfertigt, dort ein Heimatland für das jüdische Volk zu errichten?

Weniger als drei Millionen hatten überlebt. Die meisten von ihnen konnten nicht dorthin zurückkehren, wo sie einst gelebt hatten. Nicht alle Zionisten der ersten Stunde allerdings hatten sich auf Palästina festgelegt. Herzl, ein

Säkularist, hatte verschiedene andere Möglichkeiten in Betracht gezogen, darunter Uganda. In Palästina lebten nach dem Krieg doppelt so viele Araber wie Juden. Obwohl der Großmufti von Jerusalem die deutsche Judenvernichtung befürwortete, waren die Araber nicht verantwortlich für das, was den Juden in Europa angetan wurde. Palästina war nicht, wie Golda Meir es später ausdrücken sollte, *ein Land ohne Volk für ein Volk ohne Land*. Ich hätte damals als Lösung vorgeschlagen, den Juden Montana zu geben, das heißt, ihnen allen zu erlauben, sich dort anzusiedeln. Montana war achtzehn Mal größer als Palästina, und es lebten weniger Menschen dort als in Philadelphia. Wenn die Juden imstande waren, die »Wüste erblühen« zu lassen, wären sie in Montana bestimmt zurechtgekommen. Die Mormonen hatten ihre Sache in Utah sehr gut gemacht, und das war nur zehnmal größer als Palästina. Es war kein »Mormonenstaat«, doch für die Mormonen, die viel Verfolgung zu erleiden hatten, war es der sicherste Platz auf der Welt.

Montana war jedoch leider nie in Betracht gekommen. In einem Roman schlug eine Figur einmal vor, Bayern zum Heimatland der Juden zu machen, worauf eine andere Romanfigur erwiderte, man hätte die Deutschen wohl durchaus zwingen können, Bayern abzutreten, die Juden hätten aber niemals eingewilligt, dort zu leben. Und so wurde Palästina, das nicht größer war als New Jersey, zum »Jüdischen Heimatland« erklärt, obwohl es auf allen Seiten, ausgenommen das Mittelmeer, von Feinden umgeben war.

Für amerikanische Juden stand die Alijah gewöhnlich nicht zur Debatte. Ein Zionist, heißt es im Witz, ist ein Jude, der möchte, dass ein anderer Jude nach Israel zurückkehrt. Amerikanische Juden kauften jedoch israelische

Staatsanleihen und spendeten Geld zum Pflanzen von Bäumen, sie sangen bei ihren Zusammenkünften die Hatikwa und zeigten die israelische Flagge. Wissenschaftliche Untersuchungen ergaben, dass Jüdischsein in Amerika in erster Linie nicht mehr eine Angelegenheit der Religion und ihrer Ausübung war, sondern dass sich dabei eine instinktive Identifikation mit den Opfern des Holocaust und Stolz auf und Sorge um den Staat Israel mischten.

Es ist die Pflicht eines jeden Juden in diesem Land, sagte Sammy, dafür zu sorgen, dass Israel alle finanzielle und militärische Unterstützung bekommt, die es benötigt.

In der darauf eintretenden Stille konnte ich das Mädchen und den Koch in der Küche reden hören, auch wenn ich nicht verstand, was sie sagten.

Das Schweigen hielt an, und ich hoffte, dass das von Sammy entzündete Feuer wieder erlosch, wenn niemand noch mehr Öl hineingoss. Wir waren schließlich nicht der Sicherheitsrat der Vereinten Nationen. Es war vierzehn Jahre zu spät, darüber zu diskutieren, ob es einen Staat Israel geben sollte oder nicht. Diskutieren konnte man allenfalls noch darüber, was für ein Staat es sein sollte. Nur eben nicht mit Menschen wie Sammy. Fragen, die ich ihm zu Israel stellte, wurden stets mit Anschuldigungen beantwortet.

Eva hielt eine Diskussion aber immer noch für möglich.

Die Araber …, hob sie an.

Sammy hämmerte mit der Faust auf den Tisch.

Nein, schrie er.

Ein jüdischer Staat, sagte Eva, kann kein demokratischer Staat sein.

Moses hatte weder an »Demokratie« noch an »Toleranz« geglaubt. Als er entdeckte, dass das Volk ein Goldenes Kalb anbetete, befahl er den Leviten, die Leute umzubringen. Sie machten sich auf und erschlugen dreitausend. Moses erklärte das für Gott wohlgefällig.

Das, schrie Sammy, war ein Fehler. So etwas wird nicht wieder vorkommen.

Das Mädchen kam ins Zimmer und servierte jedem von uns ein Stück Apfeltorte.

Wir gehen, sagte Sammy.

Lass wenigstens die Kinder ihren Nachtisch essen, sagte Sonia.

Sammy gab keine Antwort.

Melissa und Aaron aßen ihre Apfeltorte, so schnell es ging.

Holt eure Mäntel, sagte Sammy, als sie fertig waren.

Ein Bruder und eine Schwester, sagte Eva, sollten imstande sein, miteinander zu sprechen.

Ich habe dir nichts zu sagen, sagte Sammy. Und euch auch nicht, keinem von euch.

15.

Zwei Monate nachdem Sonia und ich das letzte Mal über einen privaten Witz gelacht hatten, traf Israel wieder einmal Vorbereitungen für einen Krieg. Einhundertfünfzigtausend New Yorker hatten bei einem Marsch über den Riverside Drive ihre Unterstützung bekundet. Ägyptische Truppen wurden an Israels Grenzen zusammengezogen. Nasser hatte die Straße von Tiran für die israelische Schifffahrt gesperrt. Führende Politiker aus Ländern der Region forderten die Vernichtung Israels.

Juden in Amerika leerten ihre Bankkonten, ließen sich

ihre Lebensversicherungen auszahlen und beliehen ihre Häuser, damit sie Geld nach Israel schicken konnten.

Und wenn dein Vater, sagte Sammy, zehnmal orthodox und ein Tyrann war! Es geht um das Leben von Juden.

Sammy forderte von jedermann Mitgefühl mit jüdischem Leiden, erwartete von Juden allerdings nicht, dasselbe Mitgefühl für das Leiden anderer aufzubringen. In der Hinsicht war er wie der Psalmist, der schrieb: *An den Wassern von Babel saßen wir und weinten, wenn wir an Zion gedachten*, den Psalm aber mit den Worten schloss: *Tochter Babel, du Verwüsterin, wohl dem, der dir vergilt, was du uns angetan hast! Wohl dem, der deine jungen Kinder nimmt und sie am Felsen zerschmettert.*

Ich konnte nie nachvollziehen, warum Bore Olam, der Schöpfer von Himmel und Erde, ägyptische Kinder töten musste *vom ersten Sohn des Pharao an, der auf seinem Thron sitzt, bis zum ersten Sohn der Magd, die hinter ihrer Mühle hockt.* Er hätte bestimmt eine andere Möglichkeit gefunden, das Volk der Hebräer zu befreien. Es heißt jedoch: *auf dass ihr erkennt, dass der Herr einen Unterschied macht zwischen Ägypten und Israel.*

Menschen machen diesen Unterschied ebenfalls. Sie tun alles, um das Leben ihrer eigenen Kinder zu schützen, haben aber keine Bedenken, die Kinder ihrer Feinde zu töten.

Es gibt viele reiche Juden in diesem Land, sagte ich, und Israel macht sie stolz, Juden zu sein. Sie werden Geld für Israel geben. Israel wird alles Geld bekommen, das es benötigt.

Sammy schwor, mich nie wieder um etwas zu bitten.

Die Briten hatten nicht das Recht, die »Errichtung einer nationalen Heimstätte in Palästina für das jüdische Volk« zu versprechen, und die Juden hatten nicht das Recht, dort einen »jüdischen Staat« zu errichten. Von ihrem Zionismus geblendet, hatten sie sich für ein Leben in der für Juden gefährlichsten Region der Welt entschieden. So unwahrscheinlich Kants ewiger Frieden war, so wahrscheinlich war ein ewiger Krieg. Der kommende Krieg, gewiss nicht der letzte, brachte Leid für alle Seiten. Ich hoffte, wenigstens einen Teil dieses Leids zu lindern, und spendete das Geld, das Sammy gewollt hatte, dem Internationalen Roten Kreuz.

16.

Statt der langen Stoffhose und des Sportmantels, der seit dem Eintritt in das College seine Uniform gewesen war, trug Aaron Jeans, wie der Blaumann heute hieß, und ein schwarzes T-Shirt. Sein Haar war biblisch lang. Er hatte sich einen Bart wachsen lassen, damit er nicht aussah wie sein Vater, genau wie ich mir einen hatte wachsen lassen, damit ich nicht wie meiner aussah.

Wir kamen an der riesigen Reiterstatue von William Tecumseh Sherman (auch er Bartträger) vorüber, einem Denkmal, das Touristen aus den Südstaaten freilich als Beleidigung auffassten, und betraten den Central Park. Aaron wollte nicht durch den Zoo gehen.

Wie wir andere behandeln, sagte er, lernen wir dadurch, wie wir die Tiere behandeln.

Er war Vegetarier geworden. Gewalt gegen Menschen ließ sich zwar manchmal vielleicht rechtfertigen, erklärte er, wir hatten aber kein Recht, Tiere zu töten, nur weil wir sie essen wollten.

Seine Freundin hieß nun Rosa. Ihre Eltern hatten ihr

Sherry aufgezwungen, aber Menschen hatten das Recht, sich selbst auszusuchen, wie sie genannt werden wollten. Rosa hatte sie zu Ehren von Rosa Luxemburg gewählt.

Wir gingen zum See, wo es jetzt ein Café gab. Die hübsche junge Kellnerin trug keinen Büstenhalter. Sie lächelte erst mich und dann Aaron an, zwei ganz verschiedene Arten des Lächelns, eins für den freundlichen altmodischen Großvater und eins für den Jungen, der ihre Brustwarzen bestimmt bemerkt hatte.

Mein Vater, sagte Aaron, hat Angst, wir könnten heiraten. Er glaubt, Rosa sei hinter dem Vermögen der Familie her. Es ist zwecklos, ihm erklären zu wollen, dass wir beide nicht an die Ehe glauben. Mit jemandem zusammenzusein heißt doch nicht, dass man seine Freiheit aufgeben muss.

Die Kellnerin brachte uns den Kaffee und lächelte Aaron an. Er lächelte auf die gleiche Weise zurück.

Ich hab von Rosa so viel gelernt, sagte er. Sie hat mir komplett die Augen geöffnet. Wenn mein Vater auch nur ahnte, wie fade sein Leben ist, wäre er nicht so scharf darauf, dass meins genauso wird wie seins. Sein Problem ist, dass er andere nicht respektiert. Amy ist so eine kluge Frau, und er behandelt sie wie eine Idiotin. Und er glaubt, Melissa und ich wären noch sechs. Was in diesem Land schiefläuft, sind Leute wie er. Vietnam ist bloß das, was die jetzt eben tun.

Was ist das für ein Mann, der seine Kinder dazu erzieht, Angst vor ihm zu haben? Ein brüllender Erwachsener kann für ein kleines Kind ziemlich beängstigend sein. Mit der Zeit tust du alles, was du kannst, damit das nicht böse ausgeht.

Rosa hatte ihn davon überzeugt, dass die Antikriegsdemonstrationen in Wahrheit von der Regierung organisiert wurden. Die Regierung, erläuterte er mir, wollte, dass die Leute demonstrierten, denn solange sie demonstrierten, taten sie im Grunde ja nichts.

»Mach dein Leben«, zitierte er, »zu einem Gegengewicht, um die Maschine anzuhalten.«

Thoreaus *Über die Pflicht zum Ungehorsam gegen den Staat* war voller solcher Mahnungen. Diejenigen, die ihn zitierten, übersahen meist aber, dass Thoreau sogar dazu bereit war, ins Gefängnis zu gehen. Dennoch gab es welche, die ihre Wehrpässe öffentlich verbrannten und notfalls eine Haftstrafe in Kauf nahmen. Doch nicht einmal sie begriffen das Problem, das in *Jeder Mann, der mehr im Recht ist als sein Nachbar, stellt bereits die eine Stimme Mehrheit dar* schlummerte.

Was, wenn mein Nachbar das ebenfalls glaubt?

Sonia war nie ein großer Fan von Thoreau gewesen. Sie fand, er habe sich mehr um seine Frömmigkeit gekümmert als darum, Ungerechtigkeit zu bessern. Für sie war er im Grunde ein Anarchist, daher auch die starke Anziehungskraft, die er auf junge Leute ausübte. Doch wenn eine Gesellschaft funktionieren sollte, mussten Menschen notwendigerweise mit anderen zusammenarbeiten. Manchmal war es erforderlich, dass sie einen Teil ihrer Freiheit aufgaben, um den anderen Teil zu erhalten.

Sonia fand auch, Thoreau habe in *Plea for Captain John Brown* einen gefährlichen Grundsatz niedergelegt.

In Fällen von äußerster Wichtigkeit ist es belanglos, ob ein Mann das Gesetz bricht oder nicht.

Menschen waren häufig uneins darin, was von äußerster Wichtigkeit war, deshalb konnte so ein Prinzip leicht zu Hobbes' *Krieg aller gegen alle* führen.

Ich fragte Aaron nach seinen Plänen.

Da gibt es Verschiedenes, sagte er, aber das bespreche ich in der Öffentlichkeit lieber nicht.

Analogien konnten tödlich sein. Länder waren keine aufgereihten Dominosteine und fielen eines nach dem anderen um, wenn das erste es tat. Und die Vereinigten Staaten waren nicht Nazideutschland. Wenn man jedoch glaubte, Staaten wären wie Dominosteine, zog man womöglich in den Krieg, um sie vor dem Umfallen zu bewahren, und wenn man glaubte, Amerika wäre wie Nazideutschland, meinte man womöglich, man müsse Widerstandskämpfer werden.

Dein Vater hat mich gebeten, dich davon zu überzeugen, dass du an der Uni bleibst, sagte ich.

Das hab ich mir schon gedacht, sagte Aaron. Allerdings werfen wir gerade Napalmbomben auf Kinder und stecken Dörfer mit Zippo-Feuerzeugen in Brand. In solchen Zeiten kann man nicht weitermachen wie immer.

17.

Ich durfte Sonia in die Wahlkabine begleiten und ihr helfen, ihre Stimme für James Cox abzugeben. Er war als Präsidentschaftskandidat gegen Warren Harding angetreten. Gouverneur Calvin Coolidge aus Massachusetts war der Kandidat der Republikaner für das Amt des Vizepräsidenten, und Franklin Roosevelt, ein achtunddreißig Jahre alter New Yorker, der Staatssekretär im Marineministerium gewesen war, kandidierte für die Demokraten.

Bei der ersten Wahl nach Verabschiedung des neunzehnten Verfassungszusatzes stimmten die Frauen meist nicht klüger ab als ihre Brüder und Söhne, Väter und Ehemänner.

1924 gaben wir unsere Stimme Robert LaFollette, dem Kandidaten der Progressive Party, und 1928 Al Smith, dem ersten Katholiken, der für die Präsidentschaft kandidierte. 1932 trat der frühere Staatssekretär im Marineministerium an, ein Mann, nicht mehr von Selbstmitleid angekränkelt als Sonia, und wir stimmten für ihn. Wir stimmten 1936 und 1940 wieder für ihn und auch 1944, obwohl wir seiner Stimme im Radio hätten anhören müssen, dass er eine weitere Amtszeit nicht durchstehen würde. Keine drei Monate nach seiner Amtseinführung war er tot, und Harry Truman, uns weitgehend unbekannt, war nun Präsident.

Nach dem Krieg wurden wir zum ersten Mal auf John Kennedy und Richard Nixon aufmerksam. Beide zogen 1946 neu ins Repräsentantenhaus ein. Sonia und ich lasteten dem reichen und glamourösen Kennedy die vielen Sünden seines Vaters nicht an, Nixon hingegen häufte von Anfang an jede Menge eigene Sünden auf sein Haupt. In seiner Kampagne gegen Jerry Voorhis hatte er behauptet, Voorhis würde von Moskau unterstützt. Daher war es keine Überraschung, dass Nixon sich im Komitee für unamerikanische Umtriebe pudelwohl fühlte, wohingegen Voorhis eines der wenigen vernünftigen Mitglieder des Komitees gewesen war.

Typischer war John Rankin aus Mississippi. Als einer der führenden Rassisten des Landes spielte Rankin auch sehr gut auf der Klaviatur des Antisemitismus und brachte es fertig, Dinge zu sagen wie: *nicht vergessen, der Kommunismus ist jüdisch*. Alle Mitglieder des Politbüros, behauptete er, wären *entweder Juden oder hätten einen jüdischen Ehepartner*, und Stalin wäre im Grunde der größte Jude von allen.

Der kluge Nixon überließ Rankin die Juden und Neger

und stellte Leuten wie Alger Hiss nach. Heute würde man derlei als »guten Karriereschachzug« bezeichnen. Hiss war für jemanden wie Nixon viel nützlicher als die Neger oder die Juden. Die wirkliche Gefahr für Amerika, behauptete er, stellten Insider im Außenministerium dar, aus höchsten Kreisen stammend und mit Abschlüssen von Eliteuniversitäten, die ihr Land an die Kommunisten verrieten. Der Fall Hiss machte Nixon berühmt. 1950 wurde er in den Senat gewählt, wo er sich gegen Helen Gahagan Douglas durchsetzte, die »Pink Lady«, wie er sie nannte (rosa bis zur Unterwäsche). Zwei Jahre später wurde er Vizepräsident.

Das ist ein Amt, in dem man nicht viel Schaden anrichten kann, doch Nixon war 1960 erst siebenundvierzig Jahre alt und Eisenhowers rechtmäßiger Erbe. Sonia und ich spendeten viel Geld für Kennedys Wahlkampf, nicht weil wir Kennedy als Präsident Großes zutrauten, sondern weil er nicht Richard Nixon war.

Nach einer bestürzend knappen Wahlniederlage kehrte Nixon, politisch noch ein Jungspund, nach Kalifornien zurück, und als er 1962 mit seiner Kandidatur für das Gouverneursamt auch dort scheiterte, glaubten wir, wir wären ihn endgültig los. Er gab eine nach eigener Aussage »letzte Pressekonferenz« und beschied die Reporter, ihn könnten sie in Zukunft »nicht mehr herumschubsen«.

1964 kandidierten Barry Goldwater, der den Einsatz von taktischen Nuklearwaffen in Vietnam versprach, und Lyndon Johnson, der versprach, amerikanische Jungs nicht zehntausend Meilen weit weg von daheim zu schicken, damit sie etwas taten, was asiatische Jungs selber tun konnten. Johnson siegte sogar noch überzeugender als der onkelhafte Harding so viele Jahre zuvor.

Wenn einer sonst nichts tun kann, erzählt er manchmal einen Witz.

Wenn ich für Goldwater stimme, hieß es, sind wir ein halbes Jahr später im Krieg in Vietnam. Und so war es. Ich stimmte für Goldwater, und ein halbes Jahr später waren wir im Krieg in Vietnam.

Und dann, vier Jahre später, war Nixon wieder da wie eine unbezwingbare Gestalt aus einem Horrorfilm.

Und ein anderer Kennedy war auf der politischen Bühne erschienen. Eva glaubte, der Tod seines Bruders hätte aus Robert Kennedy einen anderen Menschen gemacht. Ich war nicht so überzeugt. Ein Mensch ist durch seine Vergangenheit nicht ein für alle Mal gezeichnet, aber manchmal lässt sie erkennen, wer er ist. Robert Kennedy hatte zum juristischen Mitarbeiterstab von Joseph McCarthy gehört. Er hätte es besser wissen sollen. Dass Joseph McCarthy ein Freund seines Vaters war, ist sicher kein Entschuldigungsgrund. Seine Ernennung zum Justizminister war der eklatanteste Fall von Nepotismus in unserer Geschichte, auch wenn der Präsident einen Witz daraus machte. (»Ich dachte, ich gebe Bobby die Chance, Erfahrungen zu machen, bevor er sich als Anwalt niederlässt.«) Kein Jahr nach dem Tod seines Bruders erkannte Robert Kennedy dann auch prompt, dass er für New York in den Senat einziehen wollte, obwohl er nur eine lockere Verbindung zu dem Staat hatte.

Wir stimmten trotz vieler Bedenken für ihn, da Kenneth Keating, der amtierende Senator, uns als das größere Übel erschien. Kennedy gewann die Wahl mit ungefähr siebenhunderttausend für ihn abgegebenen Stimmen. Johnson, der den Vorteil hatte, gegen Goldwater anzutreten, vereinte allein in New York State zwei Millionen siebenhunderttausend Stimmen auf sich.

Senator Eugene McCarthy, ein weiterer möglicher Kandidat, schrieb Gedichte und war Collegeprofessor gewesen. Er hatte, worauf seine Anhänger rasch hinwiesen, gehandelt, während Robert Kennedy noch zauderte, und war bei den Vorwahlen in New Hampshire sogar gegen einen amtierenden Präsidenten aus seiner eigenen Partei angetreten.

Während der »Tet-Offensive« Ende Januar hatten die Kommunisten überall in Vietnam Überraschungsangriffe gestartet und für ein paar Stunden sogar die amerikanische Botschaft in Saigon besetzt gehalten. Laut General Westmoreland waren sie entscheidend geschlagen worden. Genau genommen stimmte das. Es stimmte aber auch, dass sie nach drei Jahren Kampf gegen die stärkste Militärmacht der Welt immer noch in der Lage waren, solche Angriffe durchzuführen, was bewies, dass der Krieg keineswegs vorbei war.

Dass McCarthy bei den Vorwahlen in New Hampshire zweiundvierzig Prozent der Stimmen holte, übertraf alle Erwartungen. Er erhielt nur ein paar hundert Stimmen weniger als der Präsident. Da Johnson sichtbar angeschlagen war, gab Kennedy seine Kandidatur bekannt, was verständliche Empörung bei McCarthys Anhängern auslöste.

Robert Kennedy war Vater von zehn Kindern. Seine Frau Ethel war schwanger. Wenn er dem Vatikan in Bezug auf Geburtenkontrolle gehorchte, würde er ihm auch, fürchteten manche, in anderen Belangen gehorchen.

Vizepräsident Hubert Humphrey, für den sich die Stammwähler seiner Partei aussprachen, seit Johnson angekündigt hatte, nicht noch einmal für das Präsidentenamt zu kandidieren, war eine tragische Gestalt, obwohl er nicht diesen Eindruck machte. Wer sehen konnte, sah einen übergewichtigen Mann mit wuchtigem, bereits kahl werdendem Schädel, kleinem Mund und kantigem kurzen Kinn und hielt ihn für komisch. Sonia beurteilte Politiker einzig und allein nach ihren bisherigen Leistungen. Als Bürgermeister von Minneapolis hatte sich Humphrey beim Parteitag der Demokraten 1948 tapfer für Forderungen der Bürgerrechtler in die Bresche geworfen, und als Senator hatte er den Kampf für das Bürgerrechtsgesetz von 1964 angeführt. Als Vizepräsident agierte er jedoch so, wie man es von Vizepräsidenten erwartete. Da er im Stil nicht variabel war, hatte er Johnsons Maßnahmen mit der übertriebenen Rhetorik, die man von ihm kannte, verteidigt.

Ich wollte keinen Hubert Humphrey als Präsidenten, spendete daher für den Wahlkampf von McCarthy und von Kennedy und schrieb Leserbriefe an die *New York Times*, in denen ich meine besorgten Mitbürger dazu aufrief, nur jemanden zu wählen, der den Krieg wirklich beenden wollte.

Ich schickte Schecks und schrieb Briefe, doch die Animositäten gegen revolutionäre Collegestudenten und aufrührerische Neger, gegen langhaarige Hippies und Mädchen ohne BH, die Vietcong-Flaggen schwenkten, waren so groß, dass ich allmählich befürchtete, nächster Präsident der Vereinigten Staaten würde das Ungeheuer der Schwarzen Lagune.

18.

McCarthy hatte Kennedy bei den Vorwahlen in Oregon geschlagen, und am Morgen danach rief Eva an.

Maria, sagte sie, hat komplett den Verstand verloren. Meine Tochter hat mir mitgeteilt, sie liebe Maurice auf eine Art, die ich unmöglich verstehen könne, und werde nicht zulassen, dass die konventionelle Moral sie auseinanderbringt. Leider könne er sich im Moment noch nicht von seiner Frau trennen, weil die Kinder noch viel zu klein seien und sie psychisch angeknackst sei. Der edle Maurice hat Maria erklärt, sie halte sein Leben zusammen.

Ich sie also gefragt, wie lange sie sein Leben zusammenhalten soll, und sie mir erklärt, Zeit sei kein Faktor in ihrer Beziehung. Dann zitiert sie Balzac, auf Französisch, einen Satz über große Liebesgeschichten, die so selten seien wie große Kunstwerke. Sie hat mir auch zu verstehen gegeben, dass eine, deren Mann mit seiner Arbeit verheiratet sei, nicht das Recht habe, über sie zu urteilen. Ich musste mir anhören, dass ich mir weniger Gedanken über die Rettung der Welt und dafür mehr über die Rettung meiner Ehe machen soll.

Ich hab für so etwas keine Zeit, Dad. Jetzt, wo Kennedy in Oregon verloren hat, muss er in Kalifornien gewinnen. Ich möchte hinfliegen und tun, was ich nur kann. Es ist mir schrecklich, den Unterricht für eine ganze Woche abzusagen, aber diese Wahl ist buchstäblich eine Sache auf Leben und Tod.

Für Sammy hätten sich Evas politische Einstellung und Marias Benehmen nichts genommen. Nixons Ruf nach »Recht und Ordnung« zu verhöhnen sei im Grunde nichts anderes als sich einzubilden, man hätte das Recht, »sein eigenes Ding« zu machen. In dem Land, für dessen Verteidigung er gekämpft hatte, gebe es heute Leute, die sich gebärdeten, als ob nur ihre läppischen Gelüste wichtig wären. Für diese Leute war Patriotismus ein Witz. Sie meinten, Freiheit gäbe es gratis und kostenlos. Sie führten sich auf, als ob die Zehn Gebote ihre Gültigkeit verloren hätten.

Eva und Sammy sahen sich nicht einmal äußerlich ähnlich. Außenstehende taten sich beim Anblick der schmalen und attraktiven Frau von Anfang vierzig und des dicken Mannes mit sich lichtendem Haar, der gut und gern sechzig sein konnte, schwer, zu glauben, dass die beiden Schwester und Bruder waren.

Sammy verhöhnte Vegetarier als selbstgerechte Schwarmgeister und blieb dabei, dass die Juden es den Opfern des Holocaust schuldig waren, kämpferische Juden zu sein und den israelischen Staat zu unterstützen. Eva behauptete, unsere Gleichgültigkeit gegenüber Tieren sei einer der Gründe, weswegen uns auch das Leben anderer Menschen so gleichgültig war. Man sollte seinen Feinden nicht erlauben, einen zu definieren oder einem vorzuschreiben, was man zu tun und zu lassen habe.

Eva war zu großer Zuneigung fähig und Sammy zu großem Zorn. Er war schon als Kind zornig gewesen. Erzürnen konnte ihn vieles, darunter auch Evas Optimismus, damals aber glaubte ich, am meisten erzürnte ihn, dass Sonia blind war.

19.

Sonia hatte es gern, wenn ich ihr beim Frühstück die Nachrufe vorlas. Das hatte nichts Düsteres. Für Sonia ging es bei Nachrufen mehr um das Leben eines Verstorbenen als um seinen Tod. In unseren letzten gemeinsamen Jahren hatten wir die auf Churchill und Faulkner, Hemingway und T. S. Eliot gelesen. Im Nachruf auf Eliot wurde unter seinen Veröffentlichungen *After Strange Gods* aufgeführt, allerdings ohne Zitat des berüchtigten Satzes: *Aus Gründen der Rasse und der Religion ist eine größere Zahl freidenkerischer Juden nicht erstrebenswert.*

Diesen Morgen las ich laut einen Nachruf auf jemanden, der mehr Bewunderung verdiente. Helen Keller war Sozialistin gewesen und hatte sich für das Recht der Frauen auf Geburtenkontrolle eingesetzt. Wir hatten ihre Bücher gelesen und sie im Radio sprechen hören. Sonia hatte ihr einmal einen Fanbrief geschickt, verfasst in Brailleschrift.

Helen Keller war siebenundachtzig geworden. Die ihrem Nachruf beigefügte Fotografie zeigte eine wesentlich jüngere Frau.

20.

In meinem Traum wollte Sonia gerade die Fifth Avenue überqueren, obwohl die Ampel gegen sie war. Ich rief, aber es war so laut, dass sie mich nicht hörte. Ich rief weiter und wachte davon auf, und im selben Moment begann das Telefon zu läuten.

Robert hatte noch nie zuvor angerufen. Eva hatte ihn um den Gefallen gebeten, weil hinter ihr noch ein Dutzend Leute anstanden, die ebenfalls telefonieren wollten. Robert Kennedy war angeschossen worden. Er war jetzt im Krankenhaus und wurde operiert.

Ich hatte kaum aufgelegt, da rief Sammy an.

Das war ein Jordanier, sagte er. Genau gestern vor einem Jahr fing der Sechstagekrieg an. Zähl zwei und zwei zusammen.

Eva rief einige Stunden später an. Als sie schließlich nicht mehr weinte, fragte ich, ob Robert sie vom Flughafen abholte.

*

Johansen, ein Schwede aus Minnesota, konnte die Briefe seiner Frau nicht lesen. In den Briefen ging es immer um ihre Kinder. Alle drei, so klein sie auch noch waren, halfen bei der Bewirtschaftung der Farm, bis er wieder nach Hause kam.

Als er getötet wurde, schrieb ich an seine Frau. Ich dachte, ich hätte mich inzwischen an den Tod gewöhnt.

21.

Der Fahrer war ein Neger namens Edward Monroe. Er hatte ein schmales, sorgfältig gepflegtes Oberlippenbärtchen wie Martin Luther King. Die ganze Strecke bis zum Flughafen sprach er kein Wort.

Über Neger hatte Jefferson geschrieben, *ihr Kummer vergeht rasch*.

*

Eva hatte den Koffer mit, den wir ihr zum achtzehnten Geburtstag geschenkt hatten. Als sie bei mir war, drückte sie die Stirn an meine Brust, und ich streichelte ihr das Haar, wie ich es Sonia oft gestreichelt hatte.

Ich bin so froh, dass du da bist, Dad, sagte sie.

Hast du Hunger?

Ich weiß nicht.

Vielleicht solltest du eine Suppe essen, sagte ich.

Das Flughafen-Café war schlecht beleuchtet. Die müde aussehende Kellnerin schien nicht zu wissen, dass etwas passiert war.

Robert wollte ich wirklich nicht bitten, sagte Eva. Er hat nichts dazu gesagt, dass ich fahre, klar, aber er sieht es gern, dass ich da bin, wenn er nach Hause kommt.

Die Kellnerin brachte unsere Suppe und ging langsam wieder weg.

Ich kann immer noch nicht glauben, dass das passiert ist, sagte Eva. Es ist so leicht, jemanden zu töten. Warum muss es nur so leicht sein?

Sie nahm ihren Löffel und legte ihn wieder hin.

Weißt du, was seine letzten Worte waren?

Tränen liefen ihr über die Wangen und fielen in die Suppe.

Sind alle unversehrt?, sagte sie. Er sagte, sind alle unversehrt?

22.

Mir hat vieles an Robert Kennedy nicht gefallen, sagte Fritz, aber dass er großen Mut bewiesen hat, lässt sich nicht leugnen. Er wusste, dass es gefährlich werden würde, als Präsidentschaftskandidat anzutreten, ließ sich sein Verhalten aber nicht von Angst diktieren.

Fritz schüttelte den Kopf, was bei ihm selten war.

Als Männer das Weiße Haus bestreikten und gegen das

Beschäftigungsverbot für Homosexuelle in der Regierung protestierten, sagte er, war ich zu feige, mich ihnen anzuschließen. Ich bin sogar zu feige, der Mattachine Society eine Spende zu schicken. Und außer dir habe ich es keinem anderem gesagt. Ich schäme mich, Mendel. Ich bin genauso verächtlich wie die vielen Professoren, die geschwiegen und Beförderungen akzeptiert haben, als ihre jüdischen Kollegen aus der Universität entfernt wurden.

Fritz saß auf unserem Sofa.

Sonia hätte gesagt, rück rüber, mach Platz. Sie hätte sich direkt neben ihn gesetzt, ihre Hand auf seinen Arm gelegt und genau die Worte gesagt, die er jetzt hören musste.

Freitags fuhr sie immer, unbegleitet, wie es ihr lieber war, mit der Subway nach Brooklyn und verbrachte den Nachmittag beim Blindenwerk der episkopalischen Kirche, wo sie Mädchen betreute, die vor kurzem das Augenlicht verloren hatten. Die Mädchen weinten und schrien und schlugen sich manches Mal selbst mit den Fäusten. War eines aber schließlich in der Verfassung, ihr zuzuhören, legte Sonia die Hand auf seinen Arm und sagte genau die Worte, die es jetzt hören musste.

Manches Mal waren wir Jahre später dann Gäste bei einer Abschlussfeier oder Hochzeit oder sogar bei einer Taufe. Sonia weinte nicht oft, aber bei diesen Anlässen weinte sie immer.

Ich setzte mich nicht neben Fritz auf das Sofa, fühlte mich aber verpflichtet, etwas zu sagen.

Ich würde mir nie anmaßen, dir irgendeinen Ratschlag zu erteilen, sagte ich, aber ich möchte ein paar Worte von Rabbi Hillel aus den *Sprüchen der Väter* an dich weitergeben:

Wenn ich nicht für mich bin, wer ist für mich?
Und wenn ich nur für mich bin, was bin ich?
Und wenn nicht jetzt, wann dann?

Fritz schloss die Augen. Als er sie wieder öffnete, nickte er.

23.

McCarthy gewann die Vorwahlen in New York, und am Tag danach rief Sammy an.

Aaron ist verschwunden, sagte er. Niemand weiß, wo er ist. Amy dreht durch, wie immer. Und was meinst du, wem sie die Schuld gibt? Dreimal darfst du raten. Deshalb heiraten Frauen ja auch. Sie heiraten, damit sie immer einen haben, der schuld ist.

*

Sammy meint, ich reagiere übertrieben, sagte Amy, dabei ist er derjenige, der durchdreht. Was Aaron jetzt tut, war doch vorhersehbar. Ich hab Sammy immer wieder gesagt, irgendetwas stimmt nicht, aber er wollte mir nie zuhören.

Wir gingen in den Central Park und kamen an zwei Männern vorüber, die auf einer Bank saßen und sich die Hand hielten. Amy schien es nicht aufzufallen.

Ich kann verstehen, wie frustriert diese jungen Leute sind, sagte sie. Ich sollte es auch sein. Stattdessen schreibe ich Briefe. Lieber Mr. Diktator, würden Sie diesen Mr. politischen Gefangenen bitte aus der Haft entlassen, wie es das einzig Anständige wäre? Und vielen Dank, dass Sie sich der Angelegenheit angenommen haben. Vorige Woche habe ich dreiundzwanzig Briefe geschrieben. Ich bin auch zu einem netten ordentlichen Marsch gegen den Krieg gegangen. Und habe meine üblichen Spenden für hoffnungslose Anliegen überwiesen. Ganz gleich was ich auch tu, ich bin nie frustriert. Oder zornig. Das lasse ich nicht zu. Ich lasse nicht zu, dass ich irgendetwas fühle.

*

Der Kellner war ein Neger, nicht viel älter als Aaron. Er lächelte freundlich, nahm unsere Bestellung auf und entschwebte elegant. Er roch nach Moschus.

Aaron ist schon immer genau wie ich, sagte Amy. Ich habe meinem Sohn Verdrängung als Lebensform beigebracht. Aber bei diesem Mädchen hat er etwas anderes gesehen. Dieser gottverdammte Krieg sollte die Leute zornig machen. Ich befürchte nur, Mendel, dass alles, was Aaron so lange in sich verschlossen hat, mit einem Schlag rauskommt. Aber vielleicht hat Sammy recht. Vielleicht sollten wir keine höflichen Briefe an brutale Diktatoren schreiben, sondern sie umbringen.

Der Kellner brachte unseren Kaffee.

Sammy lässt seinen Frust an mir aus, sagte Amy. Das hab ich ihm auch gesagt, aber er hört mir schon seit einer ganzen Weile nicht mehr zu. Ich glaube nicht, dass ich das noch lange aushalte.

Einmal waren Sonia und ich am See spazieren gegangen, als ein sehr großer Hund, der nicht angeleint war, einen Schwan angriff. Bis seine Besitzerin, eine korpulente Frau, keuchend dort war, hatte der Hund dem Schwan den Kopf abgerissen. Die Frau leinte ihren Hund an und ging schnell weg.

Wie der arme Schwan geschrien hat, entsetzlich, sagte Sonia. Wir sind so überheblich und bilden uns ein, wir könnten Hunde so abrichten, wie wir sie haben wollen.

Wenn ich mit meiner Mutter sprechen würde, sagte Amy, wüsste ich genau, was sie sagen würde. Für meine Mutter ist die Ehe eine endgültige Sache. Jedes Mal, wenn sie sich bei mir über meinen Vater beklagt hat, hat sie zum Schluss gesagt, dein Vater ist mein Lebensschicksal. Mit meiner Mutter zu reden ist sinnlos. Vielleicht ist es Zeit, mit dem Reden ganz aufzuhören.

Nicht weit von uns tauchte ein Schwan den Kopf ins Wasser.

Der Kellner kam an unseren Tisch, fragte, ob wir noch etwas wünschten, und tat so, als sähe er unseren stehengebliebenen Kaffee gar nicht.

24.

War das deine Idee?, brüllte Sammy.

Auf ihren Zettel hatte Amy nur geschrieben: *Ich halte das nicht mehr aus.*

Ihre Mutter weiß nicht, wo sie ist, sagte Sammy, oder sagt es nicht. Du weißt es aber, oder? Diese Familie ist nicht zu glauben.

Amy hatte sich Sonia viel öfter anvertraut als ihrer eigenen Mutter.

Nach allem, was sie mir erzählt hat, hatte Sonia gesagt, begreife ich eigentlich nicht, warum sie bei ihm bleibt.

Ich muss eine Firma leiten, brüllte Sammy, mein Sohn ist auf und davon und tut wer weiß was, und da merkt meine Frau, dass das genau der Augenblick ist, wo sie es nicht mehr aushält. Tja, das halte ich nicht mehr aus. Weißt du, wo sie ist?

Nein, sagte ich.

Wenn du es wüsstest, würdest du es mir sagen?, sagte Sammy.

Natürlich, sagte ich, es sei denn, sie bäte mich, es nicht zu tun.

Du bist mir ein Vater, unglaublich, sagte Sammy. Unglaublich, bist du immer gewesen.

Sammy hatte recht. Amy hatte bestimmt ihre Gründe, aber ihn hatte ich als Vater genauso im Stich gelassen wie mein Vater mich.

25.

Ich hatte auch Eva im Stich gelassen, sie ließ es sich aber nicht anmerken. Sie kam mit ihren Sorgen immer noch zu mir, als ob ich der Vater wäre, den sie verdient hat.

Ich weiß gar nicht, wo ich anfangen soll, Dad, sagte sie.

Sie zog den Teebeutel aus der Tasse und wickelte den Faden um den Löffel.

Es gibt Feministinnen, sagte sie, die glauben, das männliche Ego sei so beschädigt, dass es unaufhörlich repariert werden muss. Deswegen sind Männer ständig auf Bestätigung angewiesen, die sie sich nur durch »Eroberung« des Körpers einer Frau verschaffen können. Und das kann der Körper fast jeder Frau sein, ausgenommen ihrer eigenen.

Ich habe das immer für zu simpel gehalten, aber jetzt stellt sich heraus, Robert ist so ein Mann. Alles, woran ich glaube, rät mir, zu warten, bis ich mich beruhigt habe, und dann so mit ihm zu sprechen, als ob das ein Problem wäre, das wir zusammen lösen können. Nur sind Roberts wichtigste Bewältigungsstrategien eben schon immer Leugnung und Vermeidung gewesen.

Ehrlich gesagt will ich mich gar nicht beruhigen. Warum sollte ich? Der beste Zeitpunkt, Robert anzurufen, ist genau jetzt.

Ich saß am Küchentisch, während Eva von ihrem Zimmer aus anrief. Als Teenager konnte sie stundenlang telefonieren. Sonia sagte im Scherz immer, das sei gut für die Familie, denn ihr Großvater hatte ihr ein dickes Paket AT&T-Aktien hinterlassen.

Es war fast eine Stunde vergangen, als Eva wieder in die Küche kam.

Sie zuckte mit den Achseln. Wenn Sonia im Raum wäre, würde sie sagen: Ich zucke mit den Achseln.

Wir haben, sagte sie, gerade unsere Ehe beendet. Am Telefon.

*

In unserer Speisekammer fand ich zwei Dosen Gemüsesuppe.

Statt über Robert zu sprechen, fragte Eva, ob die historische Darstellung in *Die Bekenntnisse des Nat Turner* von William Styron glaubhaft sei. Das Buch hatte gerade den Pulitzer-Preis gewonnen, ich hatte es aber nicht gelesen. Noch nie zuvor hatte ich so viele Stunden nacheinander nichts gelesen.

Wir sind nicht einmal sicher, sagte ich, ob wir glauben können, was ein weißer Rechtsanwalt namens Thomas Gray von Turner persönlich kurz vor dessen Hinrichtung gehört haben will. Es muss dir sehr schwergefallen sein, dieses Buch zu lesen.

Laut Gray hatte Turner ihm gestanden, dass er und Will, ein anderer Sklave, Turners Besitzer und dessen Frau getötet hätten. Danach hätten sie deren drei Kinder getötet, darunter einen Säugling in der Wiege. Bevor sie gefasst wurden, hatten Turner und seine Männer noch über fünfzig andere getötet.

Ich passe nicht in diese Welt, sagte Eva. Und je älter ich werde, desto weniger passe ich rein. Meinst du, ich könnte für eine Weile in meinem alten Zimmer wohnen, Dad?

Ich beugte mich über den Tisch und streichelte Eva sacht die Wange.

Auch wenn ich nicht fühlte, was ein Vater soll, konnte ich zumindest dafür sorgen, dass sie es nicht merkte.

26.

Frauen wie meine Mutter hielten ihre Söhne nicht zum Kochenlernen an. Wie man Kartoffelkugel macht, hatte ich mir mit Jennie Grossingers *The Art of Jewish Cooking* selbst beigebracht. Sonia wollte jedes Mal eine zweite Portion. Die hatten Fritz und Eva an dem Abend auch gewollt.

Nach dem Essen wusch Eva ab, obwohl wir eine Spülmaschine haben, Fritz trocknete ab, und ich räumte das Geschirr weg. Dann gingen wir ins Wohnzimmer.

Fritz erzählte es Eva, und natürlich machte sie ihm keine Vorhaltungen, weil er das nicht schon früher gesagt hatte. Was Sonia nicht getan hätte, hatte Eva von ihr übernommen.

Den Nächsten lieben heißt wissen, was dem Nächsten weh tut.

Eine deutsche Glückskeksweisheit.

Fritz berichtete uns, er gehe jetzt regelmäßig zum Treffen einer Gruppe von Männern, die ähnliche Erfahrungen gemacht hatten und hofften, einander durch Austausch darüber helfen zu können.

Frauen machen es genauso, sagte Eva. Im ganzen Land kommen Frauen zusammen und stellen fest, dass es nicht bloß ihr persönliches Scheitern ist, wenn etwas in ihrem Leben schiefläuft. Ich sollte bestimmt auch in eine Gruppe gehen und über meine zerrüttete Ehe sprechen. Robert hat sich aus Gründen, die er vielleicht nicht einmal selber durchschaut, mit einer anderen Frau eingelassen, Fritz. Ich bin mit dem Glauben an die Ehe aufgewachsen. Wenn zwei Männer beschließen, ihr Leben zusammen zu verbringen, ist das nicht wie eine Ehe?

Wie könnte es, meine Liebe?, sagte Fritz. Sie haben keinen Rechtsanspruch darauf, müssen die ganze Zeit lügen, und wehe, sie tauschen in der Öffentlichkeit Zärtlichkeiten aus.

Oh, Fritz, sagte Eva, ich bin aber auch ein Trottel. Ich war so auf meine eigenen Sorgen fixiert, dass ich mich in die von anderen gar nicht hineindenken kann.

Dein Zahnweh ist deines, sagte Fritz, und meines ist meines. Und meines macht deines kein bisschen weniger schmerzhaft.

Ich dachte, ich kenne Robert, sagte Eva.

Du dachtest auch, du kennst mich, sagte Fritz.

Das tue ich auch, Fritz, sagte Eva. Was du mir erzählt hast, ändert daran nicht das Geringste. Aber was ich über Robert herausgefunden habe … Vielleicht sprechen wir lieber über die Wahlen.

Noch Vorschläge?, sagte Fritz.

Der Kartoffelkugel meines Vaters?, sagte Eva.

Wäre doch nur die ganze Welt, sagte Fritz, wie der Kartoffelkugel deines Vaters!

*

Vor dem Schlafengehen wollte Sonia manchmal gern ein paar Gedichte hören. Ihr gefielen Whitman und Shakespeares Sonette und auch Emily Dickinson.

Sturmnächte – Sturmnächte!
Wär ich bei dir
In solchen Sturmnächten
Schwelgten wir!

Wozu – noch Winde –
Das Herz ist im Port –
Fort mit dem Kompass –
Die Karte fort!

Ein Boot in Eden –
Ach – das Meer!
Verankert sein – heut Nacht –
In dir!

In jüngeren Jahren schliefen wir zwei- oder dreimal die Woche miteinander. Aber ganz gleich, ob wir es taten oder nicht, ich massierte Sonia immer den Rücken. Und wir küssten uns immer. Sogar in dem schrecklichen Jahr war Küssen immer das letzte, was wir vor dem Gutenachtsagen taten.

27.

Es tut mir leid, dich zu belästigen, Professor Kabakov, sagte Robert, aber ich habe sonst niemanden zum Reden.

Sonia hatte mich einmal gebeten, ihr etwas über Aktien vorzulesen. Robert war sehr erfreut über ihre Fragen gewesen.

Vor ungefähr einem Jahr, sagte er, habe ich eine fünfundzwanzigjährige Frau für eine Position eingestellt, die bisher immer ein Mann ausgefüllt hatte. Das Unglaubliche daran ist, ich habe die Frau nur Eva zuliebe eingestellt.

Ich wollte nicht, dass irgendetwas davon passiert.

Lo tinaf hatte in der polygamen Gesellschaft des alten Israel eine völlig andere Bedeutung. Sex mit einer unverheirateten Frau war kein »Ehebruch«, weil sie, sofern das Inzesttabu sie nicht davon ausschloss, noch eine Ehefrau werden konnte. Als Eva ihm Hemingway vorlas, war Robert eingeschlafen, aber einer jungen Frau etwas über den Anleihemarkt beizubringen hatte sich als starkes Aphrodisiakum erwiesen.

Wer zu den Grausamen freundlich sei, heißt es, müsse zu den Unschuldigen grausam sein. Robert hatte aber nicht grausam sein wollen und war bereits bestraft worden. Er war jetzt nur noch zu bedauern.

Als er schließlich nicht mehr weinte, begann er so leise zu flüstern, dass ich anfangs kein Wort verstand. Dann aber doch.

… benedicta tu in mulieribus, et benedictus fructus ventris tui Iesus. Sancta Maria, Mater Dei, ora pro nobis peccatoribus, nunc et in hora mortis nostrae.

28.

Der Laden von Yonah Schimmels Knisch-Bäckerei war schon in meiner Kindheit in der Allen Street gewesen. Der junge Mann hinter dem Tresen trug eine Jarmulke. Ich sprach ihn auf Jiddisch an, aber er war nicht so freundlich, wie ich erwartet hatte. Beim Weitergehen zu einem Laden, der sämtliches sauer eingelegtes Gemüse führte, das wir gern aßen, ging mir auf, wie dumm meine Erwartung gewesen war, ein vielleicht in einem Leben, das er sich nicht ausgesucht hatte, gefangener Mann würde lächeln, wenn er die Sprache hörte, in der sein Vater ihn angeschrien hatte.

Eva hatte schon fast einen halben Kascha-Knisch gegessen, als sie über Verzeihen zu sprechen begann.

Es gibt einen berühmten Dialog in *Matthäus*, wo Petrus von Jesus wissen will, wie oft er jemandem verzeihen soll, der gegen ihn gesündigt hat. Er hält sich für großzügig und sagt siebenmal, aber Jesus demonstriert Petrus gleich, dass er nicht das geringste von Verzeihen versteht, und kontert mit siebzig mal sieben, was von einigen Gelehrten allerdings als siebenundsiebzig ausgelegt wird. Wie wir alle wissen, ist in der wirklichen Welt jedoch einmal das übliche Limit eines Menschen.

Wenn Robert nach seinem allerersten Ehebruch um Verzeihung gebeten hätte, hätte ich ihm verzeihen können, hoffe ich. Aber was, wenn er es nach meinem Verzeihen wieder täte? Wieder verzeihen? Und beim dritten Mal? Du verstehst, worauf ich hinauswill. Er hat oft Ehebruch begangen. Und wer weiß, wie viel öfter er es getan hätte, hätte seine Geliebte ihm nicht den Brief geschrieben, den er liegen ließ, wo er so leicht zu finden war.

Und überhaupt, seit wann ist der Rabbi von Nazareth

eine unfehlbare Autorität? Ihm zufolge kann der Blinde nicht den Blinden führen, ohne dass beide in die Grube fallen.

Die Thora sah als Strafe für Ehebrecher den Tod vor, aber das war im Grunde so wenig gerecht, wie eine Frau dafür zu verurteilen, dass sie in ihrer Hochzeitsnacht nicht mehr Jungfrau war.

John Kennedy hat sich auch herumgetrieben, nicht?, sagte Eva.

Scheint so, sagte ich.

Und Johnson?

Der ist in dieser Hinsicht anscheinend noch aktiver, als Kennedy war, sagte ich.

Wo nehmen die Männer bloß die Zeit her?, sagte Eva. Außerdem würde man doch meinen, Präsident der Vereinigten Staaten zu sein müsste genügen, um jedes Ego zufriedenzustellen.

Martin Luther King hatte ebenfalls Ehebruch begangen, aber das wollte Eva nicht glauben.

Ich weiß, Dad, das war nie auch nur vorstellbar, sagte sie, aber wenn du dich so aufgeführt hättest wie Robert, weiß ich genau, was Mama getan hätte.

*

Als ich Sonia schließlich von Belcha und den anderen erzählte, bat ich sie um Verzeihung, weil ich ihr das so lange verschwiegen hatte.

Es gibt nichts zu verzeihen, sagte sie. Was jeder von uns beiden über die Liebe weiß, hat er vom anderen gelernt.

29.

Die Einsamkeit, sagte Sammy, macht mich verrückt.

Sonia hatte auch Robert Frost gemocht.

Zu Hause ist, wo man dich, wenn du hingehen musst, nicht abweisen kann.

An dem Abend schlug Sammy vor, dass wir uns etwas von dem Chinesen bringen lassen, bei dem wir als Familie immer gegessen hatten.

Es war keine »Ironie«, dass er sich Moo Shu Pork und dazu noch Pfannkuchen und eine doppelte Portion Frühlingsrollen bestellte, während Eva Champignons mit Zuckererbsen wählte. Da sie kein Fleisch aß, verletzte Eva auch die Kaschrut nicht. Bei meinem Vater wären ihre Champignons mit Zuckererbsen allerdings nicht als koscher durchgegangen, weil sie nicht in einer koscheren Küche zubereitet worden waren. Von meiner Mutter abgesehen, traute mein Vater nur wenigen Personen zu, dass sie Mahlzeiten zubereiteten, die koscher genug waren, Gott zu gefallen. Ich bestellte mir Rindfleisch mit grünem Paprika. Auch als ich für zehn Cent zu Abend aß, gab es gewisse Tabus aus meiner Kindheit, die ich noch nicht überwinden konnte.

*

Mein Problem kennst du, sagte Sammy, aber ich kenn deines nicht.

Robert und ich haben gerade eine Krise, sagte Eva, und Maria ruiniert sich anscheinend gerade ihr Leben.

Während Eva ihm von Maria erzählte, beobachtete ich Sammy, der sich tapfer mühte, die angemessen mitfühlende Miene zu ziehen. So hatte ich mich auch oft gemüht, wenn ich jemand anderem als Sonia zuhören sollte.

Wenn das Melissa wäre, sagte Sammy, würde ich auf der Stelle hingehen und ein ernstes Wort mit dem Kerl reden.

Und du meinst, das würde helfen?, sagte Eva.

Wenn nicht, sagte Sammy, würde ich mit dem Dekan der Fakultät sprechen. Es muss doch Bestimmungen gegen so etwas geben.

Maria ist zwanzig, sagte Eva. Von Rechts wegen alt genug für das meiste außer wählen.

Und einschüchtern kann man ihn nicht?

Du meinst, Schläger anheuern, die damit drohen, ihm die Beine zu brechen?, sagte Eva.

Ein Held wird er nicht sein, sagte Sammy.

Maria bildet sich ein, ihn zu lieben. Es sich dauerhaft mit ihr zu verscherzen ist vielleicht keine gute Idee. Wenn er sich dann doch durchringt, die Sache zu beenden, braucht sie unter anderem eine Mutter.

Du hast recht, sagte Sammy. Gebrochene Herzen gibt es wie Sand am Meer. Das, worauf Aaron sich eingelassen hat, ist ein bisschen ernster. Wenn ich nicht bald von ihm höre, muss ich wohl doch zur Polizei gehen. Auch wenn ich mich nicht allzu sehr auf sie verlassen würde. Hast du irgendwelche Kontakte zu diesen Militanten?

Nicht zu denen, die in den Untergrund gegangen sind, sagte Eva. Für die, die in den Untergrund gehen, komme ich gleich nach Lyndon Johnson. Ich weiß nicht, was ich dir raten soll, Sammy.

Ich überlege, ob ich Amy als vermisst melden soll, sagte Sammy. Was sie tut, ist nicht fair. Schon gar nicht mit Aaron noch obendrein.

Du kannst manchmal schon ein Tyrann sein, sagte Eva.

Klar, sagte Sammy, nur immer drauf.

Wenn deine Familie dir nicht die Wahrheit sagen kann, sagte Eva, wer dann?

Von mir aus, sagte Sammy, bin ich halt manchmal etwas rechthaberisch. Aber ich hab mich bestimmt tausend Mal dafür entschuldigt. Das zählt doch auch ein bisschen, nicht?

*

Die gute Nachricht ist, sagte Eva, dass Westmoreland nun doch abgelöst wird. Von ihm hat man nie etwas anderes gehört als »Licht am Ende des Tunnels«. Die schlechte Nachricht ist, dass Creighton Abrams, der ihn ersetzen soll, nicht besser sein kann. Wir sind in keinem Tunnel. Wir befinden uns mitten in einer Katastrophe, die wir selbst angerichtet haben.

Abrams?, sagte Sammy. Sag nicht …

Das bezweifle ich, sagte Eva. Wer hat je von einem Juden namens Creighton gehört?

Bevor sie in die Zimmer verschwanden, in denen sie aufgewachsen waren, umarmten sich Sammy und Eva, was ich bei ihnen noch nie gesehen hatte. Eva umarmte wie immer mich, und Sammy, der entweder dachte, ihm bliebe nichts anderes übrig, oder einen anderen Grund dafür hatte, umarmte mich ebenfalls.

30.

Und dann rief Melissa an.

Weißt du, wo meine Mutter ist?, sagte sie. Ich versuche schon tagelang, sie zu erreichen.

Tut mir leid, nein, sagte ich. Sie und dein Vater machen gerade eine schwierige Zeit durch.

Na toll, sagte Melissa. Das hat mir gerade noch gefehlt.

Er und Tante Eva sind heute zum Abendessen hier, sagte ich. Warum kommst du nicht auch?

Wieder ausladen kannst du ihn vermutlich nicht, sagte Melissa.

Genau genommen wohnen sie beide eine Weile bei mir.

Himmel, sagte Melissa. Allmächtiger.

*

Missmut konnte ich nie verstehen, hatte Sonia gesagt. Wahrscheinlich wollte ich es auch gar nicht. Das ist ein sehr unschöner Zug bei einem jungen Menschen.

Ich bot Melissa Tee an, aber sie sagte, sie wolle sich nur hinlegen, weiter nichts.

Nachdem ich sie ins Gästezimmer gebracht hatte, rief ich Eva an.

Dann ist es wohl etwas Ernstes, sagte sie. Melissa hat immer alles mit sich abgemacht. Ich hab jetzt Unterricht, aber danach komme ich gleich nach Hause.

*

Warum hat mich niemand angerufen?, sagte Sammy.

Ich mach uns Spaghetti, sagte Eva.

Da ist aber etwas gewaltig aus dem Ruder gelaufen, sagte Sammy.

Ich glaube, da wird dir niemand widersprechen, sagte ich.

Sammy aß einen zweiten Teller Spaghetti, da kam Melissa in die Küche. Sie blieb in Türnähe stehen.

Was ist, Kleines?, sagte Sammy. Was läuft schief?

Eva legte die Hand auf Melissas Schulter und ging mit ihr zu einem Stuhl.

Stellte ihr eine Schüssel Spaghetti hin.

Wo ist Mami?, sagte Melissa.

Sammy schüttelte den Kopf.

Das wüste ich auch gern, sagte er.

Während Melissa ihre Spaghetti aß, versicherte Sammy ihr, ihre ganze Familie stehe hinter ihr, ganz gleich, was das Problem sei. Sie aß noch eine Weile weiter und rückte schließlich damit heraus, dass der Junge, den sie geliebt hatte, sich als mieses Schwein entpuppt habe.

Sammy musste die Lippen zusammenpressen, um nicht zu lächeln.

In einen Menschen hineinsehen kann man letztlich nie, sagte Melissa.

Aber es ging nicht nur um ein gebrochenes Herz. Das Schwein Larry wollte, dass sie abtrieb.

Du bist schwanger?, sagte Sammy.

Studiert Larry auch?, sagte Eva.

Melissa nickte.

Deine Mutter …, sagte Sammy.

Meine Mutter, sagte Melissa, war in ihrer Hochzeitsnacht noch Jungfrau. Nette Mädchen haben keinen Sex. Das braucht mir wirklich niemand zu sagen.

Hattet ihr vor zu heiraten?, sagte Eva.

Eigentlich nicht, sagte Melissa, nicht gleich, aber …

Aus was für einer Familie kommt er?, sagte Sammy. In Anbetracht des Schulgelds nehme ich an, arm sind sie nicht.

Er hat ein Stipendium, sagte Melissa. Sein Vater arbeitet in einem Schlachthaus.

Dann ist es das, sagte Sammy. Er hat Angst vor der finanziellen Verantwortung. Zum Glück ist deine Familie nicht arm. Ich arbeite nicht in einem Schlachthaus. Ich spreche mit ihm.

Larry Egerszegi, sagte Melissa, ist ein mieses Schwein. Und mit einem Schwein spricht man nicht.

Egerszegi?, sagte Sammy. Was ist denn das für ein Name?

Ungarisch, sagte Melissa. Ist doch egal.

Ungarisch-jüdisch?, sagte Sammy.

Ungarisch-ungarisch, brüllte Melissa.

Melissa und Sammy funkelten sich noch böse an, da klingelte das Telefon.

Ich geh im Arbeitszimmer ran, sagte ich.

Es war Amy. Es dauerte eine Weile, bis ich sie schließlich unterbrechen konnte.

Melissa?, sagte sie. Was tut Melissa bei dir?

Ich hol sie einfach an den Apparat, ja?, sagte ich.

Ich ging schnell in die Küche zurück.

Es ist deine Mutter, Melissa. Du kannst in meinem Arbeitszimmer telefonieren.

Sammy sprang auf und schnappte sich den Hörer des Wandtelefons.

Wo zum Teufel bist du?, brüllte er.

Melissa rannte aus der Küche.

Sammy wollte weitersprechen, aber als Melissa Leg auf, leg das verdammte Telefon auf! schrie, hängte er den Hörer langsam in die Gabel.

Er setzte sich an den Tisch, und Eva legte die Hand auf seinen Arm. Ihre Hand lag immer noch auf seinem Arm, als Melissa in die Küche zurückkam.

31.

Wo soll ich mich hinsetzen?, sagte Robert.

Ich dachte mir, wir zwei setzen uns aufs Sofa.

Mein Vierteldollar landete mit Kopf für Robert. Ich sah auf die Uhr.

Du kannst anfangen, sagte ich.

Robert begann damit, dass er sagte, wie leid es ihm tue. Er könne es verstehen, wenn Eva die Scheidung wolle. Er bestand aber darauf, das sei das einzige Mal gewesen, dass er je untreu gewesen sei, und sagte, in vielerlei anderer Hinsicht habe er aber als Vater und Ehemann versagt.

Beim Sprechen starrte er auf den Teppich. Schließlich hob er den Kopf, sah zu mir und sagte: Ist meine Zeit nicht um? Die zehn Minuten kommen mir sehr lang vor.

Zwei Minuten habe er noch, sagte ich.

In meiner Leichtathletikmannschaft am College, sagte er, gab es welche, die rannten die halbe Meile in zwei Minuten. Zu denen gehörte ich aber nicht. Ich hab beim Crosslauf mitgemacht. Wirklich gut war ich darin nicht, aber wenn man an den Start ging, bekam man Laufschuhe und ein Hemd mit Logo. Einmal kam ich bei einem landesweiten Wettkampf als Allerletzter ins Ziel. Ich hätte gar nicht antreten sollen, unser Mannschaftskapitän sollte laufen, aber er war krank geworden, und der Coach sagte, nachdem die Startgebühr nun mal bezahlt wäre, könnte ich ruhig …

Deine Zeit ist um, sagte ich. Tut mir leid.

Davon hast du mir nie erzählt, sagte Eva.

Normalerweise redete sie immer sehr schnell, so als wäre nie genug Zeit, alles loszuwerden, jetzt aber kamen ihre Worte stockend heraus, als spräche sie in einer Sprache, die sie nicht gut beherrschte.

Als wir geheiratet haben, sagte sie, habe ich gedacht, unsere Ehe würde wie die meiner Eltern ... Ich wäre gut zu dir, und du wärst gut zu mir ... und ganz gleich, was draußen in der Welt passiert, unser Zuhause wäre ein Refugium ... aber ich nehme an, zwei Menschen wie wir, die so verschieden sind, leben sich mit den Jahren zwangsläufig auseinander ... Ich wusste wenig von deiner Welt, und du wusstest wenig von meiner ... trotzdem fand ich, ich hätte unglaubliches Glück, mit dir verheiratet zu sein ... als ich von Ehemännern hörte, die ihre Frauen betrügen, fand ich das tieftraurig ... für mich hieß Ehe, dass zwei Menschen einander ihr Leben anvertrauen ... ich hätte nie ...

Zeit ist um, sagte ich. Tut mir leid. Wir können die Regeln ändern, wenn ihr wollt.

Eva schüttelte den Kopf.

Bleiben wir einfach bei Mamas Therapiestunde, sagte sie.

Robert, sagte ich.

Robert entschuldigte sich dafür, wie er seine letzten zwei Minuten genutzt hatte. Über diesen Wettkampf habe er nie gesprochen, sagte er, weil er sich geschämt habe.

Ich war kein guter Sportler, sagte er, und auch kein guter Student. Aufs College bin ich nur gegangen, weil es mir so geheißen worden ist. Ich wusste ja, dass die Firma meines Vaters auf mich wartet, und hab mir deshalb nie groß Gedanken über meine Zukunft gemacht ... Worüber ich mir Gedanken gemacht hab, waren Mädchen. Bei Mädchen war ich sogar noch ein größerer Versager als beim Crosslauf. Als wir uns bei der Party kennenlernten, war ich so nervös, dass ich Angst hatte, ich würde ohnmächtig werden. Aber du warst so lieb. Du ...

Er schüttelte den Kopf.

Ich wartete, bis der zweite Zeiger eine Umdrehung vollendet hatte.

Robert?, sagte ich.

Er schüttelte wieder den Kopf.

Du hast richtig gezittert, sagte Eva. Ich wollte dich so sehr beschützen. Sogar als wir schon verheiratet waren, wollte ich dich noch beschützen. Dich vor dir selbst schützen konnte ich aber nicht. Und jetzt habe ich das Gefühl, als wären zweiundzwanzig Jahre meines Lebens null und nichtig geworden.

Robert starrte jetzt auf seine Hände, die brav übereinandergelegt waren wie die eines Kindes auf der Schulbank.

Eva fing an zu weinen.

Robert starrte weiter auf seine Hände.

Als keine Tränen mehr flossen, wischte sich Eva mit dem Handrücken über die Augen.

Seit das anfing, sagte sie, denke ich über mich nach, als wäre ich eine Romanfigur. Weit bin ich damit allerdings nicht gekommen. Es gibt einfach zu viel, was ich von mir selber nicht weiß. Ich glaube an Verzeihen, Robert, wirklich. Ohne Verzeihen wäre die Welt eine Wüste. Ich möchte dir verzeihen, ich weiß bloß nicht, ob ich es kann.

Sie legte die Hand auf Roberts Oberschenkel.

Es ist schrecklich, das zu sagen, sagte sie, aber ich weiß es wirklich nicht.

*

Die Therapiegespräche halfen Sonia, abzuwarten und mich nicht zu unterbrechen, wenn wir etwas Heikles zu besprechen hatten.

Ich weiß, es ist egoistisch, sagte sie, aber ich wäre gern Mutter.

Was ich sagte, weiß ich nicht mehr, aber zugeben, dass ich Angst davor hatte, konnte ich nicht.

Als Sammy geboren war, setzten wir uns wieder zu einer Therapiestunde aufs Sofa.

Ein Kind, sagte Sonia, sollte einen Bruder oder eine Schwester haben.

Sonia zufriedenzustellen war auch dieses Mal wichtiger als alles andere.

32.

Von Aaron hatten wir immer noch nichts gehört. Melissa hatte sich krankschreiben lassen und wohnte bei Sammy und Amy. James machte seinen Abschluss in Yale, war aber nicht zur Abschlussfeier gegangen, sondern nach Indien geflogen. Maria sprach nicht mehr mit Eva, und Eva und Robert gingen zu einem Paartherapeuten.

Fritz saß in Ausschüssen. Verfasste Positionspapiere. Beriet sich mit Anwälten.

Deshalb, erläuterte er mir, hatte er im vergangenen Monat keine Zeit für ein Abendessen mit mir. Ich hatte den Eindruck, nachfragen zu sollen, ob ich in irgendeiner Weise behilflich sein konnte.

Wir könnten Geld gebrauchen, sagte Fritz. Gerechtigkeit, hat sich gezeigt, ist nicht billig.

Sonia war sehr reich gewesen. Die Großeltern, über die sie Brewster gegenüber so wortkarg gewesen war, hatten es in Amerika zu erheblichem Reichtum gebracht. Ihr

Vater hatte diesen Reichtum noch vermehrt und ihr durch sein Beispiel vorgelebt, dass mit Reichtum große Verantwortung einherging. Einmal im Monat setzten sie und ich uns zusammen und stellten Spendenschecks aus.

Meine Eltern waren sehr arm gewesen, aber puschkes hatten in unserer Küche immer gestanden. Im Hebräischen gibt es kein Wort für »Almosen«. Man sagt stattdessen tsadaka, was »Gerechtigkeit« bedeutet. Es gab eine puschke für Waisen und eine für Witwen, eine für das Hebräische Altenheim und eine für Opfer von Verfolgung. Es gab sogar eine puschke für Blinde. Vor dem Anzünden der Schabbes-Kerzen steckte meine Mutter immer ein paar Münzen in eine Dose.

Und vielleicht, sagte Fritz, könntest du etwas schreiben.

Ich begann im großen Lesesaal für einen Artikel über die Geschichte der Diskriminierung von Homosexuellen in den Vereinigten Staaten zu recherchieren. Doch als ich eines Tages am Lesetisch neben einem jungen Mann saß, der an den Fingernägeln kaute, einem jungen Mann, der vermutlich homosexuell war, beschloss ich, lieber einen Sechshundert-Wörter-Artikel zu schreiben, wie sie in der *New York Times* veröffentlicht wurden.

Warum haben wir Angst vor Homosexuellen?

Ich bin achtzig Jahre und weiß in meinem Bekanntenkreis nur von einem Homosexuellen. Seinen Namen werde ich nicht nennen, da Homosexuelle noch immer verfolgt werden. Die seltsame Frage ist, warum. Dieser Mann, mit dem ich seit vielen Jahren befreundet bin, hat mir dieses Detail über sich erst vor kurzem mitgeteilt. Ich hatte nie viel über Homosexuelle nachgedacht, und gut möglich, dass ich nicht frei von Vorurteilen gegen sie war.

Im 3. *Buch Mose* wird die Todesstrafe für einen Mann vorgeschrieben, der Geschlechtsverkehr mit einem anderen Mann hat. Im *Römerbrief* weitet Paulus diese Strafe aus auf Frauen, die »in Begierde zueinander entbrannt« sind. In der Massachusetts Bay Colony wurden Männer hingerichtet, weil sie »Sodomie« begangen hatten.

Ganz gleich, ob wir Befürworter oder Gegner der Todesstrafe sind, warum Menschen Mörder und Entführer fürchten, Brandstifter und Vergewaltiger, Betrüger und Diebe können wir nachvollziehen. Aber zwei Männer oder zwei Frauen, die miteinander Geschlechtsverkehr haben? Warum sollten wir sie fürchten?

Ist es die bloße Abweichung, vor der wir Angst haben? Das wäre nicht unsinnig, denn wir leben in einer gefährlichen Welt und lernen, nur dem zu vertrauen, was wir kennen. Aber nicht jede Abweichung stellt eine Gefahr dar. Was jemand im privaten Bereich seines Schlafzimmers mit einem anderen Erwachsenen einvernehmlich tut, bedroht uns übrige in keiner Weise.

Oder halten wir Homosexualität für eine ansteckende Krankheit, vor der wir geschützt werden müssen? Dazu kann ich nur sagen, dass ich mit meinem Freund seit über dreißig Jahren gegessen und Spaziergänge unternommen habe, ohne mich auch nur einmal mit einer Erkältung bei ihm angesteckt zu haben.

Freud behauptet, wir seien alle potentiell bisexuell. Womöglich fürchten wir uns vor Begierden, die wir uns nur ungern eingestehen. Aber wenn das zutrifft, ist es nicht richtig, andere zu bestrafen.

Präsident Eisenhowers Anordnung 1050 untersagt die Einstellung von Homosexuellen durch Institutionen der Bundesregierung. Diese Anordnung ist nach wie vor in Kraft. Homosexuelle gelten als Bedrohung für die nationale Sicherheit, weil sie leicht erpressbar sind, und Homosexualität selbst galt als Geisteskrankheit.

Das Problem der Erpressbarkeit lässt sich leicht lösen. Sobald unsere Gesellschaft das Recht des Einzelnen akzeptiert, sich seine Sexualpartner selbst auszuwählen, kann niemand mehr aufgrund seiner oder ihrer Wahl erpresst werden. Und wenn diejenigen, die in ständiger Angst vor Bloßstellung und Ausgrenzung leben, manchmal verängstigt und verschlossen sind, ist das kein Anzeichen für eine geistige Störung.

Früher haben wir Menschen, deren religiöser Glaube anders war als unserer, gesteinigt oder auf dem Scheiterhaufen verbrannt. Womöglich fürchteten wir Gottes Zorn, wenn wir diese Menschen leben ließen, oder wir fürchteten, ihr Glaube würde unseren in Frage stellen. So ängstlich sind die Amerikaner zum Glück nicht mehr. Eine mehrheitlich protestantische Nation hat einen Katholiken zum Präsidenten gewählt. Ein Jude ist Richter am Obersten Gericht. Und Zeugen Jehovas sind vom Flaggengruß freigestellt. Das alles ist sehr ermutigend.

Veränderung kann schwierig sein. Gewöhnlich wollen Menschen, dass die Welt bleibt, wie sie immer gewesen ist, es sei denn, sie haben unter dem Zustand der Welt zu leiden. Neger, Frauen und Homosexuelle haben bis heute darunter zu leiden. Sie sehnen sich nach Veränderung. Es ist verständlich, dass einige von uns sich vielleicht vor dem Zorn der Neger fürchten, vor dem Ungehorsam der Frauen oder der bloßen Existenz von Männern, die Männer lieben, oder von Frauen, die Frauen lieben. Es ist jedoch an der Zeit, dass wir aufhören, uns unser Verhalten von Angst diktieren zu lassen. Es ist an der Zeit, dass wir aufhören, andere so zu behandeln, wie wir selbst nicht behandelt werden wollen.

33·

Man hatte Senator Edward Brooke aus Massachusetts (den Vorjahresträger der Spingarn-Medaille) auf dem Parteitag zum Interimsvorsitzenden gewählt, ohne Zweifel zum Ausgleich dafür, dass unter den Delegierten so wenige Neger waren. Mit Brookes weißer Ehefrau wären viele Delegierte jedoch nicht einverstanden gewesen. Im Fall *Loving v. Virginia* hatte das Oberste Gericht erst vor einem Jahr entschieden, dass bundesstaatliche Gesetze, die gemischtrassige Ehen untersagten, gegen die Verfassung verstießen.

Befürworter der Rassentrennung mahnten, jeder Schritt hin zu mehr Integration führe schließlich dazu, dass schwarze Männer in den Betten weißer Frauen landeten. (Dass weiße Männer schon jahrhundertelang in den Betten schwarzer Frauen landeten, blieb unerwähnt.) Neger, behaupteten sie, wären weniger intelligent als Weiße (Zitate Thomas Jeffersons erschienen häufig in ihrer Literatur), und stünden moralisch nicht auf der gleichen Stufe. Essen und trinken, tanzen und singen konnten sie allerdings mit der Hingabe von Kindern. Und daraus, dass sie urwüchsiger und unbefangener waren, ergab sich noch etwas.

Befürworter der Rassentrennung glaubten, mit »Würden Sie wollen, dass Ihre Schwester einen Neger heiratet?« ließe sich jedes Argument für Integration entkräften. Sie zeigte aber nur, wie groß die Angst derer war, die diese Frage stellten.

Ich stieg zwar ohne Zögern in ein Taxi ein, an dessen Steuer ein Neger saß, und setzte mich in der Bibliothek neben einen Neger, konnte aber nicht leugnen, dass mir jedes Mal mulmig wurde, wenn ich einen in der West End Avenue sah.

Sonia war mit Negern als Hausangestellten aufgewachsen, und die waren immer sehr liebevoll zu ihr gewesen. Dass es in New York gefährliche Menschen gab, war ihr bewusst, sie ging aber nicht davon aus, dass es sich dabei um Neger handelte.

Präsident Eisenhower, der von seinem Krankenhausbett im Fernsehen sprach, warnte vor der Zähigkeit der Kommunisten in Südostasien. Barry Goldwater sagte den Delegierten: »Wir können aus der Vergangenheit lernen, aber wir können nicht in ihr leben oder zu ihr zurückkehren.« Und Bürgermeister John Lindsay gab den Demokraten die Schuld am Vietnamkrieg. Das sei, sagte er, einer der verheerendsten außenpolitischen Fehler unserer Geschichte gewesen. Nach dieser Äußerung wurde gejohlt und applaudiert. Für eine kurze Weile hätte man den Parteitag der Republikaner irrtümlich für eine Antikriegsdemonstration halten können. Es ging aber nur darum, einen Stock zu finden und den Hund zu schlagen.

Sechs Tage lang hielt ich das nicht aus. Die Spätnachrichten um elf Uhr zu sehen war entmutigend genug.

In der dritten Nacht lieferten sich Neger in einem zehn Meilen entfernten Ghetto namens Liberty City eine Straßenschlacht mit der Polizei. Floridas republikanischer Gouverneur kündigte an, »alle erforderlichen Kräfte« in Bewegung zu setzen.

Seit 1964 hatte es jeden Sommer in Vierteln, in denen viele Neger lebten, »Ausschreitungen«, wie einige, oder »Aufstände«, wie andere sie nannten, gegeben. Die von Präsident Johnson eingerichtete Kommission, die die Ursachen untersuchen und Vorschläge für eine Besserung der Lage unterbreiten sollte, nannte sie »öffentliche Unruhen«.

Im vergangenen Jahr wurden Soldaten, einige vor kurzem noch in Vietnam stationiert, nach Detroit entsandt, um dort Ruhe und Ordnung wiederherzustellen. Panzer und Hubschrauber kamen zum Einsatz. Die Soldaten waren mit automatischen Waffen ausgerüstet. Nach sechs Tage andauernden Kämpfen zählte man zweitausend Verletzte und dreiundvierzig Tote. Ein Veteran des Zweiten Weltkriegs berichtete Reportern, Detroit sehe jetzt aus wie Berlin direkt nach dem Krieg.

Die Neger in Detroit hatten nicht mit einem »Sieg« gerechnet. Sie waren nicht gewalttätig geworden, weil sie erwarteten, irgendetwas zu »erreichen«. Ich war von meinem Vater unterdrückt worden und deshalb eines Tages weggelaufen. Neger aber haben nichts, wohin sie rennen können.

Ein Gedicht von Langston Hughes kam mir in den Sinn.

Was wird aus dem vertagten Traum?
Schrumpelt er ein
wie Weinbeeren im Sonnenglast?
Ob er wie eine Wunde
schwärt und näßt?
Stinkt er wie fauliges Fleisch?
Oder verharscht er und setzt Zucker an –
wie ein Lutschbonbon?
Vielleicht hängt er bloß durch
wie schwere Fracht?

Ob er mal losgeht und kracht?

34.

Nixon hatte sämtliche Vorwahlen gewonnen, Rockefeller und Reagan hatten ihre Kandidatur erst spät bekanntgegeben, und trotzdem übertraf die Zahl der Stimmen, die bei seiner Nominierung auf Nixon entfielen, nur knapp die erforderliche Grenze.

Seine Nominierung des Vizepräsidenten war aufschlussreich und ließ nichts Gutes erahnen. Die meisten Menschen ohne Doktortitel in amerikanischer Geschichte hätten mit den Namen Richard Johnson (zu seiner Zeit verrufen, weil er offen mit einer oktoronen Sklavin zusammenlebte), John C. Breckinridge, Hannibal Hamlin oder Levi P. Morton auf Anhieb nichts anzufangen gewusst. Nicht einmal mit Thomas R. Marshall, Woodrow Wilsons Vizepräsidenten, seinerzeit berühmt für die Äußerung »Was dieses Land braucht, ist eine gute Fünf-Cent-Zigarre«. Aus dem neunzehnten Jahrhundert stammt ein Witz über zwei Brüder. Der eine wurde zum Vizepräsidenten gewählt, der andere blieb auf See, und von beiden ward nie wieder etwas gehört. Dennoch trennte den Vizepräsidenten »nur ein Atemzug«, wie der Vizepräsident John Adams einst sagte, von der Präsidentschaft. Vier Präsidenten starben im Amt, vier wurden ermordet. Bei bis dato sechsunddreißig Präsidenten ist das eine ernüchternde Statistik.

Im Ghetto von Liberty City waren drei Neger erschossen worden. Es hatte Plünderungen gegeben, Heckenschützen hatten gefeuert. Sechshundert Soldaten bemühten sich, die Ordnung aufrechtzuerhalten. Spiro Agnew, der Gouverneur von Maryland, plädierte dafür, Plünderer zu erschießen. Er beruhigte weiße Wähler, die Angst vor Negern hatten und sie ablehnten, während Nixon einen ehrenhaften Frieden in Vietnam versprach.

Ich weiß nicht, ob meine Eltern sich an Wahlen beteiligten. Ich weiß nicht einmal, ob sie amerikanische Staatsbürger wurden. Sonia hatte mir viele Fragen über meine Eltern gestellt, die ich nicht beantworten konnte.

35.

Aaron hatte sich immer noch nicht gemeldet, Amy sprach nicht mit ihm, und Melissa machte nur den Mund auf, um sich zu beklagen.

Ein Glück, sagte Sammy, dass ich kein Trinker bin.

Ich tat, was Sonia von mir gewollt hätte, und fragte, ob wir zusammen essen sollten.

Klar, sagte er, wir treffen uns gegen sieben in dem Deli an der Second Avenue.

Wo wir aßen, spielte keine Rolle, mich störte aber, dass sich Sammy bei anderen nicht einmal nach ihren Wünschen erkundigte.

*

Ich beschloss, zu Fuß zu gehen. Wenn ich ankam, war es immer noch hell.

Ich habe mein ganzes Leben in New York verbracht, ausgenommen das eine Jahr in Frankreich, und kann dennoch stundenlang durch die Stadt laufen, ohne einen einzigen Menschen zu sehen, den ich kenne. Ich kann nachvollziehen, was Menschen reizt, Teil einer Gemeinschaft zu sein, in der das eigene Leben eng mit dem anderer verbunden ist, weiß aber auch, wie tyrannisch Gemeinschaften sein können.

*

In der Fifth Avenue begegneten einem immer Leute, die Handzettel verteilten. Die New Yorker wichen ihnen versiert aus. Ich nahm die Zettel in der Regel an und bedankte mich sogar dafür. Manchmal faltete ich sie zusammen und steckte sie ein, um die Rückseite als Schmierpapier zu verwenden.

Es gab jedoch eine Zeit, da wollte ich die Handzettel nicht mehr annehmen. Auf die Weise, dachte ich, leistete ich einen kleinen Beitrag zur Abschaffung von etwas, wofür Rohstoffe verschwendet und Menschen erniedrigt wurden. Bald aber sah ich ein, dass das auf Kosten der Menschen ginge, die auf die wenigen Dollar angewiesen waren, die sie verdienten, wenn sie stundenlang auf dichtbevölkerten Bürgersteigen standen und Handzettel an Leute verteilten, die sie gar nicht haben wollten.

Jetzt nahm ich den Handzettel, den ein Mann im Anzug, aber ohne Schlips mir hinhielt, faltete ihn zusammen und steckte ihn ein. Da Sammy nicht bereit war, mal auf andere zu warten, hatte ich Zeit und konnte auf der Rückseite etwas notieren, während ich auf ihn wartete.

Vor dem Haupteingang zur Bibliothek drückte mir ein junger Neger einen Zettel in die Hand.

Probier's aus, Opa, sagte er. Das ist die Sache. Der reinste Jungbrunnen.

Mit wenigen Strichen war eine nackte Frau mit riesigen Brüsten dargestellt. GIRLS GIRLS GIRLS stand in Großbuchstaben darunter.

Diesen Handzettel warf ich in den Drahtpapierkorb an der Straßenecke.

*

Am Union Square Park fand eine Antikriegsdemonstration statt. Überall sah man die üblichen Transparente.

KRIEG IST UNGESUND FÜR KINDER UND ANDERE LEBEWESEN.

RAUS JETZT.

MAKE LOVE NOT WAR.

MÄDCHEN SAGEN JA ZU JUNGS DIE NEIN SAGEN.

DU SOLLST NICHT TÖTEN.

Thou shalt not kill war die irreführende Übersetzung von *lo tirsacha* in der King-James-Bibel. Moderne Übersetzungen geben das Gebot richtig mit *Du sollst nicht morden* wieder. In den unmittelbar folgenden Bibelabschnitten wird die Todesstrafe vorgeschrieben für einen, der einen anderen tötet, der Vater oder Mutter schlägt, der Vater oder Mutter flucht oder der dem Vieh beiwohnt, außerdem für Zauberinnen und für den, der anderen Göttern opfert als dem Herrn. Und als die Hebräer nach Kanaan kommen, werden sie angewiesen, Krieg gegen die dort lebenden anderen Völker zu führen.

Worin der Unterschied zwischen »töten« und »morden« besteht, legen religiöse oder staatliche Autoritäten fest.

*

Diejenigen, die gegen diesen entsetzlichen Krieg protestierten, waren von solchem Wissen aber noch unbeleckt. Sie wollten das Töten in Vietnam beenden, und ihr Plakat tat kund, dass Gott auf ihrer Seite war.

Auf der im Park aufgebauten Bühne standen vier Männer mit langen Haaren. Einer trat ans Mikrophon und sagte: Der Mann in Washington hat versprochen, keine amerikanischen Jungs zehntausend Meilen weit weg von zu Hause zu schicken. Das war gelogen. Und er lügt weiter. Deswegen widmen Country Joe and the Fish den »I Feel Like I'm Fixin' to Die Rag« Mr. Lügner B. Johnson.

And it's 1, 2, 3, what are we fighting for?
Don't ask me I don't give a damn
Next stop is Vietnam.
And it's 5, 6, 7, open up the Pearly Gates
Well there ain't no time to wonder why
Whoopee, we're all gonna die.
Well come on mothers throughout the land
Pack your boys off to Vietnam.
Come on fathers, don't hesitate
Send him out before it's too late.
Be the first one on your block
To have your boy come home in a box.

Nach den letzten Gitarrenklängen trat Stille ein, und dann jubelten die Zuhörer.

*

In dem Deli in der Second Avenue hätte mein Vater nicht gegessen. Er verachtete Juden, deren Judentum vor allem darin bestand, in »streng koschere« Restaurants zu gehen.

Noch mehr verachtet hätte er Sammys Fabrik. Sie stellte Menoras her, Sederteller, Kidduschbecher, Kerzenhalter, gerahmte Jerusalem-Bildchen und alles andere, womit Menschen, die mein Vater meschumadim genannt hätte, sich umgaben, anstatt das jüdische Leben zu führen, das ihnen aufgetragen war.

Der Kellner hatte einen starken spanischen Akzent. Ich sagte, ich wartete auf meinen Sohn, was noch eine Weile dauern könne, und bestellte mir ein Glas Selters.

Ich zog den Handzettel aus der Tasche und legte ihn mit der Vorderseite nach unten auf den Tisch. Manchmal half Schreiben mir beim Nachdenken, manchmal hielt es mich aber auch davon ab, über etwas nachzudenken, worüber ich noch nicht nachgedacht hatte.

Ich erinnerte mich nicht, dass meine Eltern mich je in den Arm genommen hätten, obwohl sie es getan haben müssen. Ich muss die Kinder in den Arm genommen haben, als sie klein waren, doch auch daran erinnere ich mich nicht. Viel, viel später begann Eva mit dem Drücken. Ich erwiderte ihre Geste natürlich, passte aber immer auf, ihren jungen Mädchenkörper nicht an meinem zu spüren. Seit er aufs College ging, gaben Sammy und ich uns die Hand.

Der Kellner brachte mein Selters.

Mein Sohn, sagte er, studiert Zahnmedizin an der New York University. Möchten Sie vielleicht eine Vorspeise? Oder Brötchen und schon ein bisschen naschen? Es geht nichts über ein Brötchen mit Hühnerschmalz und gerösteten Zwiebeln.

Schälchen mit Hühnerschmalz und gerösteten Zwiebeln standen auf allen Tischen.

Danke, sagte ich, aber ich glaube, ich warte einfach.

Der Kellner nickte, von Vater zu Vater, und eilte davon.

Sonia ausgenommen, war ich immer der, der ich auch beim Unterrichten war. Kinder brauchten aber etwas mehr.

Mein Vater sprach jeden Morgen beim Aufstehen eine Broche, legte die Tefillin an und ging in die Schul. Gott verlangte von uns, bestimmte Dinge zu sagen und bestimmte Dinge zu tun. Gott war ein strenger Vater, und wenn wir gehorsame Kinder waren, würde Er uns beschützen.

Meine Mutter konnte nur wenige Worte auf Jiddisch schreiben. Mein Vater hatte mir verboten, zu seinem Begräbnis zu kommen und sie zu besuchen, solange sie Schiwa saß. Trotzdem, schrieb sie, spricht ein Sohn das Kaddisch für seinen Vater.

Ich ging in die Christie Street. Meine Mutter war im Alter klein und schmal geworden. Ich fragte, ob sie Geld brauche, und sie schüttelte den Kopf. Drei Jahre später, direkt nach dem Überfall der Deutschen auf Polen, teilte mir ein Nachbar auf Englisch mit, dass meine Mutter gestorben war. Ganz gleich, was, schrieb sie, ein Sohn spricht das Kaddisch für seine Mutter.

Sonias Mutter hatte für Sammy eine reformjüdische Erziehung gewollt. Sie meinte, Schaden könne die nicht anrichten. Ich war mir nicht so sicher. Sammy ging mit seinen Großeltern regelmäßig in die Emanuel-Synagoge und besuchte die Sonntagsschule der Synagoge. Ich hätte ihn über seinen Glauben nicht ausfragen sollen.

Auf die Rückseite des Zettels schrieb ich: *das ungeborene Kind sträubt sich dagegen, geboren zu werden.*

Sammy entschuldigte sich nicht dafür, dass er zu spät kam. Ich faltete den Zettel zusammen und steckte ihn in die Jackentasche. Der Kellner kam an den Tisch, und Sammy bestellte Kischka, Pommes frites, gehackten Hering, ein Pastrami-Sandwich, ein Corned Beef-Truthahnbrust-Sandwich und zwei Flaschen Vanillelimonade. Ich bestellte mir ein Salami-Sandwich aus Roggenbrot.

Salami?, sagte Sammy, als der Kellner gegangen war.

Du kommst in diesen Deli und bestellst dir ein Salami-Sandwich?

Er hatte sogar in der kurzen Zeit, die ich ihn nicht gesehen hatte, wieder zugenommen. Schweiß glänzte auf seiner Stirn.

Der Kellner stellte einen Brötchenkorb und zwei Flaschen Vanillelimonade auf den Tisch. Sammy riss ein Brötchen auf und bestrich es mit Hühnerschmalz und gerösteten Zwiebeln. Es war ein kleines Brötchen, und er aß es schnell.

Ich habe mit dem Rabbi gesprochen, sagte er. Er hat gesagt, ich müsste Geduld haben. Wie weise! Wo haben die nur solche Weisheiten her? Wenn ich nicht stellvertretender Vorsitzender wäre, würde ich mir eine andere Gemeinde suchen. Wenn ich Geduld hätte, würde ich dann einen Rabbi um Rat bitten?

Er hat uns die Paartherapie empfohlen, die in der Synagoge angeboten wird. Genau genommen ist es eine Gruppentherapie für Paare. Der Mensch kommt jeden Dienstagabend, und jedes Paar, dem danach ist, kann mitmachen. Meist kreuzen die Leute auf, wenn sie es satthaben, sich gegenseitig in der Küche anzuschreien.

Sammy riss noch ein Brötchen auf.

Zu Hause, sagte er, habe ich über Konfliktlösung nicht viel gelernt. Was war euer Geheimnis? Meinst du, ich hätte eine blinde Frau heiraten sollen?

Vermutlich, dachte ich. Wenn deine Frau blind ist, möchtest du ihr auf jede dir mögliche Weise helfen. Und sie nimmt diese Hilfe freudig an und fühlt sich nicht herabgesetzt. Blake hatte recht.

Liebe sucht nicht ihr Begehr,
Hat um sich nicht irgend Not,

Gibt ihre Ruhe dem andern her
Und baut einen Himmel der Hölle zum Spott.

Sammy bestrich sein Brötchen mit Hühnerschmalz und gerösteten Zwiebeln.

Und jetzt, sagte er, grab ich mir mit den Zähnen mein Grab.

Wie geht's Melissa?

Ich sollte so etwas über meine Tochter nicht sagen ..., sagte Sammy.

Er biss in sein Brötchen, aß es ebenso schnell wie zuvor das andere.

Deswegen lass ich's auch, sagte er. Ihr hattet nie solche Probleme, oder? Eva war als Kind ohne Fehl und Tadel, und mich habt ihr einfach ignoriert.

Er zog das Taschentuch hervor und tupfte sich die Stirn ab.

Ich kann es dir nicht übelnehmen, sagte ich, wenn du zornig auf mich bist.

Was würde es auch nützen?, sagte Sammy.

Sieh dir das an, sagte er, als der Kellner unsere Bestellung gebracht hatte. Hab ich das wirklich alles bestellt?

Was du nicht isst, sagte ich, kannst du nach Hause mitnehmen.

Wenn es schon mal da ist, sagte Sammy, esse ich es auch. Weißt du, wie viel ich zugenommen hab, seit das alles angefangen hat? Nimm wenigstens was von der Kischka.

Ich bin nie ein großer Fan von Kischka gewesen, sagte ich.

Schon die Vorstellung von Kischka behagte mir nicht. Schabefleisch, Fett, Mehl und Gewürze wurden in einen Rinderdarm gefüllt und gebacken. Zum Glück hat meine Mutter das nie gemacht. Salami war bei genauer Überlegung keinen Deut besser, aber manchmal hat meine Mutter mir ein Salamibrot in die Schule mitgegeben.

Zu Pommes frites, sagte Sammy, kannst du aber nicht nein sagen.

Er gab ein Zeichen, und der Kellner kam an unseren Tisch.

Wir brauchen noch einen Teller, sagte er, damit mein Vater etwas mitessen kann.

Ich verfette allmählich, sagte er, als der Kellner gegangen war, und du hast dieselbe Kleidergröße wie immer.

Der Kellner stellte die Teller um und machte neben meinem ersten Platz für einen zweiten. Als er weg war, schaufelte Sammy mit seiner Gabel Pommes frites auf meinen Teller.

Ich strich Senf auf mein Sandwich, und Sammy verschlang eine Scheibe Kischka. Wieder trat ihm Schweiß auf die Stirn. Ich hätte vorschlagen sollen, dass wir einen Spaziergang machen.

Ein Mann in Sammys Alter kam an unseren Tisch.

Ich möchte Sie nicht stören, Professor Kabakov, aber ich habe gleich nach dem Krieg den Kurs Amerikanische Revolution bei Ihnen belegt. Sie waren ein sehr anregender Lehrer. Sie werden sich unmöglich an mich erinnern, und ich wollte mich auch nur bei Ihnen bedanken.

So etwas geschah nicht zum ersten Mal, doch das Lob ehemaliger Studenten berührte mich nie so, wie es das sollte.

Richard Munchik, sagte der Mann. Ihretwegen bin ich selbst Historiker geworden.

Ich nickte und lächelte. Dazu musste ich mich stets erst ermahnen.

Das ist mein Sohn, Sammy, sagte ich.

Sehr erfreut, Sie kennenzulernen, sagte Richard Munchik, aber ich habe Sie schon zu lange beim Essen gestört, Herr Professor.

Wo unterrichten Sie?, fragte ich.

State University of New York in Binghamton, sagte Richard Munchik.

Sonia hätte ihn aufgefordert, sich zu uns zu setzen, aber wenn ich noch länger mit ihm sprach, würde Sammy mir das verübeln.

Ich bin froh, dass Sie mich angesprochen haben, sagte ich.

So was erlebst du bestimmt andauernd, sagte Sammy, als Richard Munchik gegangen war. Es muss sehr befriedigend sein, wenn man so wahrgenommen wird. Es gab einmal eine Zeit, in der ich tat, was ich konnte, damit du mich wahrnimmst, aber das hast du wohl nicht gemerkt. Wahrscheinlich warst du sehr damit beschäftigt, dich um Mama zu kümmern.

Abgesehen von den Fällen, für die man sein Augenlicht brauchte, sagte ich, war deine Mutter sehr eigenständig. Aber du hast recht. Ich habe ihr viel mehr Beachtung gewidmet als dir oder Eva. Wenn du zornig auf mich bist, kann ich dir das wie gesagt nicht mal übelnehmen.

Manchmal, wenn ich bloß liege und nicht schlafen kann, sagte Sammy, überlege ich, ob ich zum Flughafen rausfahren und mir ein Ticket nach Israel kaufen soll. In Israel haben Männer meines Alters noch einen flachen Bauch. Amy hört mir nie zu, und bei Melissa und Aaron habe ich es mehr oder weniger aufgegeben. Ich habe nicht mal Freunde. Wer hatte denn je Zeit für Freunde?

Sammy aß hastig und machte nur Pause, um sich die Stirn mit dem Taschentuch abzutupfen. Als der Kellner wieder an unseren Tisch kam, hatte er alles gegessen, was er bestellt hatte.

Möchten die Herren in die Dessertkarte schauen?, sagte der Kellner. Der Rugelach wird sehr empfohlen, aber das gemischte Kompott ist auch nicht übel.

Nur die Rechnung, sagte Sammy.

Keinen Tee?, sagte der Kellner. Einen Sanka? Sammy schüttelte den Kopf, und der Kellner eilte davon.

Wenn ein Vater darüber klagt, dass sein Sohn auf Abwege geraten ist, was soll er tun? Ihn mehr lieben denn je.

Bei Sammy ging es eher um Gedankenlosigkeit als um Abwege, doch die Worte des Baal Schem Tov waren sowieso nicht für Väter wie mich bestimmt. Ich war nicht schuldlos daran, dass Sammy so geworden war.

Ist dir danach, ein paar Blocks zu Fuß zu gehen?, sagte ich.

Zwei Weiße in Anzügen?, sagte Sammy. Das wäre noch ein Argument pro Israel. Wenn Amy mit mir mitkäme, würde ich morgen fahren. Aber jetzt, wo sie Großmutter wird, ist sie an Melissa gebunden. Nicht dass die zwei miteinander auskämen. Vielleicht ist es nur die Schwangerschaft, aber wenn Melissa ihr Kind hat und dann immer noch so ist, wäre das für mich noch ein Grund mehr, den Abflug zu machen. Ich bin nicht bereit, Großvater zu werden.

Das war ich auch nicht, sagte ich.

Der Kellner kam an unseren Tisch.

Wenn ich Vater und Sohn vor mir habe, sagte er, reiche ich die Rechnung meistens gleich dem Vater, aber die Zeiten ändern sich, und jetzt frage ich lieber.

Sammy nahm ihm die Rechnung ab.

Meine Herren, vielen Dank, sagte der Keller. Ich wünsche Ihnen beiden einen angenehmen Abend. Und bleiben sie gesund.

Er lächelte breit und eilte davon.

Danke für das Essen, sagte ich.

Was spielt es für eine Rolle, wer zahlt?, sagte Sammy.

Wie bist du hergekommen?, sagte er, als wir an der Ecke standen und nach einem Taxi Ausschau hielten. Sag nicht, mit der U-Bahn.

Zu Fuß.

Zu Fuß?, sagte Sammy. Wolltest du auch zu Fuß nach Hause gehen?

Ich dachte, wir teilen uns ein Taxi, sagte ich.

Du bist ein zäher alter Mann, ich weiß, sagte Sammy, aber nachts in New York herumzulaufen ist nicht unbedingt gesund.

Das weiß ich.

Es kamen viele Taxis vorbei, aber sie waren alle besetzt. Sammy sah auf die Uhr.

Sieht so aus, als hätten alle in New York dieselbe Idee. Mir ist nicht wohl dabei, hier herumzustehen.

Es sind doch viele Leute unterwegs.

Glaubst du, einer von denen würde eingreifen, wenn etwas passieren würde?, sagte Sammy. Wieso wohne ich überhaupt in New York?

Ein grauhaariger Neger, der nach Alkohol roch, kam sehr nahe an mich heran.

Hätten Sie ein bisschen Kleingeld übrig?, sagte er.

Er lächelte verlegen.

Ich gab ihm ein paar Münzen.

Verbindlichsten Dank, sagte er, und schlurfte davon.

Das ist nicht gut, sagte Sammy. Bei dem Pech, das ich habe, passiert bestimmt gleich etwas.

Will kein Taxi kommen, Professor Kabakov?, sagte Richard Munchik.

Er und eine Frau in seinem Alter und ein Mann und eine Frau in meinem standen direkt hinter uns.

Mein Auto steht gleich um die Ecke, sagte er. Sie brauchen mir nur zu sagen, wohin Sie wollen.

Noch ehe ich ihm danken und sein Angebot ablehnen konnte, sagte Sammy: Das ist großartig. Vielen Dank. Wir wohnen auf beiden Seiten des Central Park. Ich hoffe, das ist für Sie kein Umweg.

Keineswegs, sagte Richard Munchik. Das sind meine Frau Judith und ihre Eltern Nate und Naomi Zuckrow.

Die Zuckrows saßen auf der vorderen Sitzbank, und ich saß hinten zwischen Sammy und Judith. Ich rückte zwar dicht zu Sammy hinüber, konnte aber nicht verhindern, dass mein Oberschenkel gegen den Judiths drückte.

Mein Schwiegersohn, sagte Mr. Zuckrow, hält mich für einen Verräter, weil ich für Nixon stimme. Manchmal, Herr Professor, muss der Mensch aber einfach mal die Augen aufmachen.

Nixon, sagte Richard Munchik, ist total unglaubwürdig. Der sagt und tut alles, um gewählt zu werden, und ist er erst mal an der Macht, lässt er sich die Verfassung sicher nicht im Wege stehen. Er verspricht zwar Recht und Ordnung, meint aber eigentlich, dass er die Neger in die Schranken weisen will.

Von Recht und Ordnung, sagte Mr. Zuckrow, könnte dieses Land eine Portion vertragen. Mein Schwiegersohn lebt in einer hübschen sicheren Kleinstadt im Norden und weiß daher gar nicht, wovon er spricht.

Herr Professor?, sagte Mrs. Zuckrow.

Ich fürchte, mir missfällt Richard Nixon schon zu lange, als dass sich das jetzt ändern ließe.

Verstehen Sie mich nicht falsch, sagte Mr. Zuckrow. Ich bin mein Leben lang Demokrat gewesen, aber in diesem Land ist zu vieles aus dem Ruder gelaufen.

Glaubst du wirklich, Nixon beendet den Krieg?, sagte Richard Munchik.

Mit seiner langen antikommunistischen Vorgeschichte, sagte Mr. Zuckrow, fällt es ihm viel leichter. Außerdem ist er kein Freund der Russen, die zufällig keine Freunde Israels sind. Er kann den Krieg beenden, und er kann die Unruhen unterbinden, und er kann den Russen Paroli bieten, und wenn du das nicht begreifst, weiß ich nicht, wozu dein Doktortitel gut ist.

Entschuldigen Sie, Professor Kabakov, sagte Richard Munchik. Vielleicht wären Sie mit dem Taxi doch besser dran gewesen.

Das ist immer noch ein freies Land, sagte Mr. Zuckrow. Noch darf man seine Meinung sagen.

Nicht dass ich dem Herrn am Steuer widersprechen will, sagte Sammy, aber was Nixon betrifft, muss ich mich Mr. Zuckrow anschließen.

Und ich, sagte Mrs. Zuckrow, meinem Schwiegersohn.

Da meine Tochter, sagte Mr. Zuckrow, alles tut, was ihr Ehemann ihr sagt, stünden uns, fände die Wahl in diesem Auto statt, weitere vier verhängnisvolle Jahre bevor.

Wenn Nixon gewinnt, sagte Richard Munchik, überlegen wir ernsthaft, nach Kanada zu ziehen. An der McGill in Montreal ist ein Lehrstuhl frei, um den ich mich bereits beworben habe.

Und was wird beruflich aus Judith?, sagte Mr. Zuckrow.

Im schlimmsten Fall, sagte Richard Munchik, kann Judith als freie Wissenschaftlerin arbeiten.

Judith?, sagte Mr. Zuckrow.

Könnten wir, sagte sie, vielleicht das Thema wechseln?

*

Was für ein Bau, sagte Mr. Zuckrow, als wir vor Sammys Stadthaus ankamen. Die Herstellung von Judaica muss ein sehr einträgliches Geschäft sein.

Juden, sagte Sammy, bedeutet ihre Identität sehr viel. Ich würde Sie hereinbitten, aber meine Tochter fühlt sich nicht wohl. Meine Frau ist zu Hause geblieben und kümmert sich um sie.

Bitte richten Sie ihnen beiden unsere besten Grüße aus.

Auf der Fahrt nach Westen durch den Central Park schwiegen wir alle.

Als Kind hatte ich das Verhalten der Familien im *Bereschit* nicht verstanden. Ein Bruder ermordet einen Bruder. Ein Mann gibt vor, seine Frau wäre seine Schwester, und erlaubt einem anderen Mann, mit ihr zu schlafen, um sein eigenes Leben zu retten. Ein Vater verstößt den einen Sohn und ist danach bereit, den anderen zu töten. Eine Mutter stiftet ihren Sohn an, ihren anderen Sohn zu betrügen. Ein Sohn täuscht seinen Vater. Brüder verkaufen einen Bruder in die Sklaverei.

Mein Vater, das wusste ich, war allerdings nicht der Richtige für meine Fragen.

*

Richard Munchik versprach, mir ein Exemplar des Buchs zu schicken, das er über den Sklavenaufstand in New York City 1712 geschrieben hatte.

Dreiundzwanzig mit Gewehren, Messern und Äxten bewaffnete Sklaven hatten einen Plan zur Tötung von Weißen ausgeheckt. Sie steckten ein Gebäude in Brand und töteten, als Weiße zum Löschen eintrafen, so viele von ihnen, wie sie konnten. Letztendlich wurden die Neger alle gefasst. Sechs von ihnen begingen Selbstmord. Einer tötete seine Frau, bevor er Selbstmord beging. Einundzwanzig Neger, darunter eine Frau, wurden hingerichtet. Einer wurde gefesselt aufgehängt, bis er verhungert war. Einige wurden über einem schwachen Feuer verbrannt, andere erst gerädert und danach mit einem Hammer erschlagen. Nach dem Aufstand verschärften die New Yorker die Bestimmungen ihrer Sklavengesetze und führten für weitere Verstöße die Todesstrafe ein.

Richard Munchik hatte die G.I. Bill das Studium am College ermöglicht. Er trug das Haar immer noch kurz wie als Soldat. Wenn ich die Anwesenheit kontrollierte, antwortete er jedes Mal mit: Hier, Sir. Ansonsten sprach er im Unterricht kein Wort. Seine vorzügliche Semesterarbeit überraschte mich. Er hatte Lord Dunmores Proklamation, allen Sklaven die Freiheit zu schenken, die in die Armee seiner Majestät eintraten, mit dem Erlass von General Thomas Sumter verglichen, jedem einen erwachsenen Sklaven zu schenken, der bereit war, auf der Seite der Kolonisten zu kämpfen, und nachgewiesen, dass der Unabhängigkeitskrieg nicht einfach ein Kampf zwischen den Kindern des Lichts und den Kindern der Finsternis war.

Nach jenem Semester bin ich Richard Munchik bis zu diesem Abend nie wieder begegnet. Ich gehörte nicht zu den Professoren, die Studenten auf einen Kaffee oder ein Glas Wein einluden. Wenn sie mich in meinem Büro aufsuchten, hörte ich aufmerksam zu, sprach verständnisvoll und half ihnen auf jede mir mögliche Weise, kam mir aber stets vor wie eine Gestalt in einem mittelmäßigen Theaterstück. Wie ein Charaktertypus. Der gütige alte Professor. Diese Rolle spielte ich bereits in jungen Jahren.

36.

Von zwei Dingen, die uns Freude bereiten, müssen wir uns meistens mit einem begnügen. *Mit einem Tuchus kann man nicht auf zwei Hochzeiten tanzen.* Für den Kummer, den jemand wohl oder übel durchstehen muss, gibt es jedoch keine natürliche Grenze. Zu allem, was ihr bereits zusetzte, kam nun noch Evas Furcht hinzu, dass Maria sich etwas antat.

*

Maria goss sich Whiskey ins Glas und trank hastig. Unter dem Couchtisch lag eine Unterhose, darauf ein an der Spitze brauner Tampon. Ich sah schnell zu Klimts »Kuss« hinauf, der über dem Sofa hing.

Wie konnte er mir das antun?, sagte sie. Das sage ich seiner Frau. Der miese Lügner!

Ein Mann, der seine Frau belügt, sagte Eva, belügt auch seine Freundin.

Das hilft mir ungemein, sagte Maria. Ich wusste es. Wenn du zu mir kommst, hilfst du mir unglaublich. Willst du nicht noch sagen: Ich hab es dir gesagt?

Menschen machen Fehler, sagte Eva. Er hat dich getäuscht.

Ich hab dir gesagt, du sollst nicht kommen, sagte Maria.

Du hast gesagt, du willst nicht mehr leben.

Da bin ich drüber weg.

Sie trank den Whiskey in ihrem Glas hastig aus.

Auf leeren Magen trinken ..., sagte Eva.

Maria schenkte sich noch ein Glas ein.

Schau, sagte sie. Ich bringe mich nicht um. Wenn du etwas Sinnvolles machen willst, behalt es meinem unbedarften Vater gegenüber für dich. Dass er sich auch noch einmischt, kann ich bestimmt nicht gebrauchen. Ich hab's satt, Daddys liebes kleines Mädchen zu sein, schon seit Jahren. Schon ewig.

Sie trank noch etwas Whiskey.

Zum Glück, sagte sie, sind es mit dem Zug nur neunundzwanzig Minuten.

Was hast du jetzt vor?, sagte Eva.

Die Frau gibt niemals auf, sagte Maria.

Du könntest eine Weile bei uns wohnen, wenn du willst, sagte Eva.

Maria hielt sich das Glas vor die Augen und blinzelte.

*

Zur Hochzeit hatten wir von einem Onkel Sonias eine Flasche hundert Jahre alten Whiskey geschenkt bekommen. Wir wollten auf die richtige Gelegenheit zum Aufmachen warten. Zwei Jahre später wurde Sammy geboren, und stillende Mütter sollen bekanntlich auf Alkohol verzichten. Zwei Jahre später wurde Eva geboren, und Sonia war wieder eine stillende Mutter.

Wir haben diese Flasche Whiskey nie aufgemacht. Als Eva und Robert heirateten, war es unser Geschenk für sie.

37·

Zorn, sagte Eva, ist gegenüber Verzweiflung schon ein großer Fortschritt, und wenn sie sich dann nicht mehr ständig übergeben muss, sieht sie vielleicht klarer.

Wie kann es sein, dass ich so wenig über meine Kinder weiß?

Sie bleiben Söhne und Töchter, sagte ich, hören irgendwann aber auf, Kinder zu sein.

Der Kellner brachte unser Essen, und Eva tat mir mit einem Löffel Reis auf und danach sich selbst.

Wir hatten einige sehr schöne Familientraditionen, sagte sie. Heute essen die jungen Leute ständig unterwegs, das ist nichts Besonderes mehr. Ich hab mich immer auf den letzten Sonntag im Monat gefreut.

Ging mir genauso, sagte ich.

Nur dass Sammy schon als Kind meistens schlechte Laune hatte. Wie geht es ihm jetzt?

Er isst zu viel und weiß es auch, sagte ich. Neulich haben wir in dem Deli in der Second Avenue zusammen zu Abend gegessen.

In solchen Lokalen, sagte Eva, steht Herzinfarkt auf der Speisekarte. Ernsthaft, beim Chinesen ist man viel besser dran. Er müsste wirklich ein bisschen abnehmen.

Wenn er verärgert ist, sagte ich, isst er.

Dummerweise, sagte Eva, ist Sammy schon fast sein ganzes Leben lang verärgert. Hat Aaron sich gemeldet?

Amy hat eine Postkarte bekommen, sagte ich. Er ist in Chicago.

Kannst du dir vorstellen, was das wird, wenn Daley seine Polizei gegen diese jungen Leute loslässt?, sagte Eva. Chicago könnte in einer Katastrophe enden. Ich weiß wirklich nicht, was schlimmer ist: was in diesem Land los ist oder in meiner Familie. James hat noch nicht geschrieben, Maria hast du eben selbst erlebt, und ich habe nicht die leiseste Ahnung, wie man Vertrauen zurückgewinnt, wenn man es erst einmal verloren hat. Ich bin schon so runter, dass ich Robert nicht mal mehr glaube, wenn er sagt, er hätte einen Käsetoast zu Mittag gegessen.

Ich hasse das, Dad. Ich bin immer davon ausgegangen, meine Ehe wäre der Teil meines Lebens, über den ich mir nie Sorgen zu machen brauche.

*

Der Kellner brachte uns aufgeschnittene Orangen und Glückskekse.

Irgendwo in meinem Zimmer, sagte Eva, hab ich noch das Notizbuch, in das ich die Sprüche von unseren Sonntagsessen eingeklebt hab. Wer die geschrieben hat, muss sehr klug gewesen sein, dachte ich immer. Einige enthielten wirklich viel Wahres. Erinnerst du dich an welche?

»Fünfmal zu Boden, sechsmal wieder auf«, war ein Spruch, der Mama besonders gefiel. Das hat sie auch diesen Mädchen vermittelt.

Der hängt eingerahmt bei mir im Büro an der Wand, sagte Eva. Im Moment weiß ich allerdings nicht, ob ich noch mal aufstehen kann. An den erinnere ich mich auch: »Die längste Reise beginnt mit einem Schritt.« Der Haken dabei ist, weiß man, ob man tatsächlich eine Reise braucht? Und wenn ja, wie kann man sich sicher sein, dass dieser eine Schritt nicht in die falsche Richtung führt?

Als wir Maria beim Umzug in ihre eigene Wohnung halfen, haben Robert und ich auf dem Heimweg hier zu Abend gegessen. Ich hatte Gemüse Chow Fon und er Auberginen in Knoblauchsauce. Ich weiß sogar noch die Sprüche aus den Keksen. Robert hatte »Ein zänkisches Weib ist wie ein triefendes Dach.« Darüber mussten wir beide sehr lachen. Auf meinem stand: »Ein schönes Weib ohne Zucht ist wie eine Sau mit einem goldenen Ring durch die Nase«, und darüber haben wir auch gelacht. Ich hab Robert verraten, dass die beide aus den *Sprichwörtern* sind, und er war sehr beeindruckt. Heute denke ich, das eine hätten wir noch gebrauchen können: »Auch beim Lachen kann das Herz trauern, und nach der Freude kommt Leid.«

Sie brach einen Keks auf, warf einen Blick auf den kleinen Zettel und reichte ihn mir.

Welchen Sinn hat die Liebe, stand da, *wenn man keinen zum Lieben hat?*

*

An den Samstagen begingen wir den Schabbes auf unsere Art. Ganz gleich, wie das Wetter war, wir machten einen langen Spaziergang. Aßen in einem Restaurant. Abends besuchten wir ein Konzert oder gingen in die Oper. Die letzte Oper, die wir sahen, war *La Bohème*. Nach dem ersten Akt blieben wir still, nach dem zweiten und dem dritten ebenfalls, und während des vierten weinte Sonia.

Jetzt faste ich an den Samstagen. Ich bleibe in meinem Zimmer und lese, bis ich nicht mehr kann. Dann gehe ich spazieren, bis ich müde genug bin, um einzuschlafen. Musik höre ich nicht.

38.

Ein Polizist prügelte mit einem Gummiknüppel auf den Kopf eines Mannes mit langen Haaren ein. Ein anderer Polizist zielte mit seinem Gummiknüppel auf den Unterleib eines Mannes. Mitten auf der Fahrbahn stand eine junge Frau, der Blut über die Wangen lief. Vor einem Hotel schrien Demonstranten *Sieg heil, Sieg heil, Sieg heil* und zeigten den Nazigruß.

In der Halle, in der die Demokraten ihren Parteitag abhielten, stand Senator Abraham Ribicoff auf dem Podium und warf Richard Daley, dem Bürgermeister von Chicago, die Anwendung von Gestapo-Methoden auf den Straßen von Chicago vor. Dem erzürnten Daley war es deutlich von den Lippen abzulesen. Fick dich, rief er, du jüdischer Mistkerl, du verdammtes Arschloch. Hau ab!

Wie schwer es ist, sich mit der Wahrheit abzufinden, sagte Ribicoff. Wie schwer das ist.

Auf all dies – Gemeinheit und Pein ohne Ende schaue ich,
sitzend,
Sehe, höre und schweige.

Am Vormittag rief Fritz an.

Vielleicht, sagte er, war das Ganze ein Komplott der Republikaner. Wie bei den Deutschen, die in Gleiwitz KZ-Häftlinge in Uniformen der polnischen Armee erschossen, damit sie behaupten konnten, Polen hätte Deutschland angegriffen. Wenn es keines war, muss man diesen jungen Leuten eine unglaubliche Dummheit bescheinigen, weil sie den Republikanern direkt in die Hände gespielt haben. Ribicoff hatte zwei gute Momente, aber er hat keine Ahnung, was Gestapo-Methoden eigentlich waren. Daley behauptet jetzt, dass niemand getötet wurde, wäre ein Beweis für das umsichtige Handeln der Polizei. Nicht gerade Amerikas größte Stunde. Natürlich ergeht es einigen auf den Straßen von Prag wesentlich schlechter. Wir können

E pluribus unum jederzeit gegen »so schlimm wie die Russen sind wir nicht« austauschen.

Ich für meinen Teil habe vor, diese Wahl zu ignorieren und mich dafür einzusetzen, dass sich für Homosexuelle etwas verbessert, auch wenn ein Teil meiner Mitstreiter es vorzieht, als »schwul« oder »gay« bezeichnet zu werden. Ich versuche mich daran zu gewöhnen, aber ich muss immer an Peter Gay denken, drüben in Yale. In Berlin hießen sie noch »Fröhlich«, aber seine Familie nahm an, das wäre für Amerikaner zu schwer auszusprechen. Mit Fröhlich wäre Peter besser bedient gewesen. Wir können ja nicht mal mehr »das lockere Parii« oder ein »fideler Junggeselle« sagen. Ich kann auf solche Schubladen gut verzichten.

Ich glaube, Mendel, uns mal zum Essen zu treffen bekommen wir nur hin, wenn wir uns ein Datum in den Kalender eintragen. Hast du deinen griffbereit?

Sag mir einfach, wann es dir passt, sagte ich.

Wie wär's mit Samstag in zwei Wochen?, sagte Fritz. Ich fürchte aber, es könnte noch was dazwischenkommen.

Dann finden wir eben eine andere Zeit, sagte ich. Was du tust, Fritz, ist sehr wichtig.

Während des Bürgerkriegs beließ es Whitman nicht dabei, nur dazusitzen und sich *all dies – Gemeinheit und Pein ohne Ende* anzuschauen. Er ging in die Washingtoner Lazarette, verband Wunden, brachte den Kranken Geschenke und machte sich auf jede ihm mögliche Weise nützlich. Anderthalb Jahre lang setzte er sich Wundbrand und ansteckenden Krankheiten aus, bis er schließlich zu krank wurde, um weiterzumachen. Später sollte er von *Tragödien des Körpers* schreiben, die *die trivialen Grenzen der Kunst sprengen.*

*

An dem Abend las ich ein Stück aus den *Grashalmen* laut:

Da ich mit meinem Kopf in deinem Schoße lag,
Camerado,
legte ich das Bekenntnis ab, das ich wiederhole;
was ich dir sagte und der freien Luft,
ich wiederhole es.
ich weiß, ruhelos bin ich und mache andere ebenso,
ich weiß, meine Worte sind Waffen voll Gefahr,
voll von Tod,
ich fordre den Frieden heraus, die Sicherheit und
alle die festgelegten Grenzen, sie zu erschüttern,
da alle sich wegwandten, bin ich resoluter, als ich je
gewesen sein könnte, wenn alle mir freundlich
[gewesen,
ich achte und achtete Erfahrung, Sicherheit nie,
weder Mehrheit noch Spott,
und die Bedrohung, die man Hölle nennt,
mir gilt sie wenig oder nichts,
und die Verlockung, die man Himmel nennt,
ist wenig mir oder nichts.
Lieber Camerado! Ich gestehe, ich habe dich
vorwärts getrieben mit mir und treib dich noch an,
ohne das leiseste Wissen, was unser Schicksal ist,
noch, ob wir siegreich sein werden oder
völlig bezwungen, geschlagen.

39.

Ich tat, was die stets pragmatische Sonia getan hätte, und spendete eine große Summe für Humphreys Wahlkampf. Nicht mehr auf Gedeih und Verderb an Johnson gebunden, fand er womöglich zu der Couragiertheit zurück, die er einst besessen hatte. Ich spendete auch an die Organisationen auf Fritz' Liste, überwand mich und marschierte mit Tausenden anderen auf der Fifth Avenue. Und ich schickte weiter Briefe an die *New York Times*. Im Grunde nahm ich an mir selbst nur den *Pessimismus des Verstandes* wahr. Ich war nicht fähig, Gramscis *Optimismus des Willens* zu entwickeln.

*

George Wallace hatte seine Kandidatur am 1. April bekanntgegeben, und viele hielten das für einen Aprilscherz. Seine Kandidatur konnte jedoch sogar Humphrey helfen. Wer ihn wählte, weil er versprach, gewalttätige Neger und langhaarige Wehrdienstverweigerer zu bestrafen, hätte seine Stimme normalerweise Nixon gegeben.

Die Werbeagenturen, die die Präsidentschaftskandidaten vertreten, setzen voraus, der Wähler sei mit der Komplexität von allem überfordert. Daher sprechen sie seine Gefühle an. Und das Gefühl, dass die Agenturen mit größtem Fleiß bewirtschaften, ist Zorn. Mach einen Wähler zornig genug, und er steht sogar an einem verschneiten Abend aus dem Krankenbett auf und wirft seinen Wahlzettel in die Urne.

Wallace-Wähler sind die zornigsten von allen, so dass er durchaus genügend Stimmen auf sich vereinen und daher eine Mehrheit sowohl für Humphrey als auch für Nixon verhindern könnte. Das Repräsentantenhaus würde dann einen dieser drei zum Präsidenten wählen. Dem Zwölften Verfassungszusatz gemäß erhielte jeder Bundesstaat eine Stimme. Würde der Ausgang der Wahlen im Kongress entschieden, würde New York mit seinen sieben Millionen Wählern ebenso viel zählen wie Montana mit seinen zweihundertfünfzigtausend.

Vox populi war nur selten vox dei, und einundfünfzig Prozent war keine heilige Zahl, aber diese Bestimmung der Verfassung war so undemokratisch wie das Wahlmännergremium selbst.

Lincoln hatte die Südstaatler davon überzeugen wollen, dass seine Wahl (mit weniger als zweiundvierzig Prozent Wählerstimmen und ohne auch nur eine Wahlmännerstimme aus den Südstaaten) keine Bedrohung für sie darstellte.

Solange das Volk seine Tugend und seine Wachsamkeit bewahrt, kann keine Regierung, und handelte sie noch so frevelhaft oder töricht, dem Staat in der kurzen Spanne von vier Jahren ernsthaft Schaden zufügen.

In Anbetracht dessen, dass Richard Nixon oder sogar George Wallace Präsident werden konnten, war dieses Argument jedoch nicht überzeugender, als es 1861 gewesen war.

40.

Der Traum hatte mich verstört, ich erinnerte mich aber nur an das Blatt Papier, das noch in Sonias Schreibmaschine eingespannt war.

Ich hatte an ihrem Arbeitszimmer geklopft, um ihr zu sagen, dass das Essen fertig war. Ich hatte Bratkartoffeln und einen Tomaten-Gurken-Salat zu dem dünn aufgeschnittenen Roastbeef gemacht, das ich bei Zabar's gekauft hatte. Ich hatte auch ein französisches Baguette mitgebracht; das Zabar's ließ sie täglich aus Paris einfliegen.

Sonia antwortete aber nicht. Vielleicht ist sie eingeschlafen, dachte ich, und öffnete leise die Tür. So begann dieses schreckliche Jahr. Mir zitterten die Finger, und ich musste die eine Hand mit der anderen festhalten, damit ich die Telefonnummer wählen konnte. Ich stand neben Sonia, die auf ihrem Schreibtischstuhl zusammengesackt war, bis das Haustelefon läutete. Erst als die schwarzen Sanitäter sie auf eine Trage gehoben hatten, fiel mir das Blatt in ihrer Schreibmaschine auf.

Als sie aus dem Krankenhaus schließlich wieder nach Hause kam, wusste sie offenbar nicht mehr, dass sie getippt hatte, als sie zusammenbrach. Ich wollte sie nicht daran erinnern. Am Schreibtisch zu sitzen war ihr nicht mehr möglich. Wenn sie einen Brief schreiben wollte, musste sie ihn mir diktieren. Vielen wollte sie nicht schreiben. Frederika von Duisburg, ihre wichtigste Briefpartnerin, war im Jahr zuvor gestorben.

In den zwanziger Jahren war Frederika Sonias treueste Vorleserin gewesen. Doch als der Börsenkrach ihren Mann in den Ruin getrieben hatte, kehrten sie und ihre Familie nach Berlin zurück.

In den dreißiger Jahren schrieb sie fast jede Woche. Einer ihrer Onkel war inzwischen ein hochrangiger Nazi, ihre Söhne waren begeisterte Mitglieder der Hitlerjugend, ihre Töchter gingen ebenso begeistert in den Bund Deutscher Mädel. Frederikas Bruder gelang es nicht, seine surrealistischen Bilder zu verkaufen, und ebenso wenig gelang es ihrem Mann, seine Geliebten, kleine Ladenmädchen, vor ihr zu verheimlichen.

Und dann war, für niemand überraschend, Krieg. Polen war im Handumdrehen erobert, aber Franz war verwundet. Frankreich wurde besetzt, und Marcus schien in Paris nun sicher. Beim Einmarsch in Russland wurde Wiltruds Verlobter schon in der ersten Woche von Partisanen getötet.

Und danach erklärte Deutschland, womit Frederika niemals gerechnet hätte, den Vereinigten Staaten den Krieg.

Die Briefe, die nach dem Krieg von ihr eintrafen, lasen sich wie von einem anderen Menschen geschrieben. Berlin war über dreihundert Mal bombardiert worden. Ihr Onkel und ihr Ehemann lebten nicht mehr. Und dann kamen die Russen, und Tausende nahmen sich das Leben. Frauen sprangen in die Spree oder nahmen Gift. Alle wussten, was die Russen in Ostpreußen getan hatten. Goebbels war nicht der einzige, der seine Kinder umgebracht hatte. Wiltrud, von der Familie auf einen Bauernhof geschickt, der weit von Berlin entfernt war, hatte überlebt. Das hatten auch ihre Söhne und ihr Bruder, den Menschen aber, der sie einst gewesen war, gab es nicht mehr. Völlig grundlos schrie sie Fremde an, musste ständig weinen und konnte nicht schlafen.

Sonia und Frederika schrieben sich zwanzig Jahre lang. Ich hatte Frederikas Briefe nicht vernichtet, und ihre Kinder hatten sicherlich auch die Sonias nicht vernichtet. Ich konnte ihnen vorschlagen, dass wir sie uns zurückgaben. Sonia hatte mich allerdings nie gebeten, sie Korrektur zu lesen, und wenn sie damals nicht wollte, dass ich ihre Briefe las, hatte ich auch nicht das Recht, es jetzt zu tun.

In einem literarischen Werk kann man über eine Figur nichts herausfinden, was der Autor einen nicht wissen lassen wollte. Man kann nicht in Arztberichten lesen, dass Anna Karenina an Brustkrebs erkrankt war. Man kann nicht in Stadtarchiven ermitteln, dass Charles Bovary wegen Mordes zehn Jahre im Gefängnis gesessen hatte. Schriftsteller können ihre Figuren so vielschichtig und sogar so widersprüchlich anlegen, wie sie wollen, doch alles, was zu ihrem Verständnis nötig ist, muss im Werk selbst zu finden sein.

Trotz der umfangreichen, mehrbändigen Biographien, die über Jefferson geschrieben wurden, haben seine Biographen bis jetzt bestritten, dass er eine sexuelle Beziehung zu seiner Sklavin Sally Hemings unterhielt, ja sogar Kinder mit ihr hatte. Irgendwann jedoch wird irgendjemand das vielleicht beweisen können, und dann wäre Jefferson nicht mehr die Person, die wir zu kennen meinten.

Frederick Douglass, entlaufener Sklave, Abolitionist, Redner, Journalist und autobiographischer Schriftsteller, soll Forschern zufolge eine deutsch-jüdische Geliebte namens Ottilie Assing gehabt haben. Angeblich dauerte die Beziehung über fünfundzwanzig Jahre. Erwiese sich das als wahr, müssten wir, genau wie bei Jefferson, auch das Leben von Frederick Douglass völlig neu beurteilen.

In *Eine Kindheitserinnerung des Leonardo da Vinci* zeigt Freud, dass Biographen sich häufig davor scheuten, die dunkelsten Geheimnisse ihres Forschungsgegenstands zu untersuchen. Das »infantile« Bedürfnis des Biographen, seinen Gegenstand zu idealisieren, verhindere oftmals, so Freud, dass er der menschlichen Schwäche ins Auge sah.

Doch ich hatte keine Angst, irgendetwas über Sonia herauszufinden, was ich nicht wissen wollte. Wenn ich das Recht hätte, ihre Briefe zu lesen, hätte ich es getan, einfach weil sie sie geschrieben hatte.

41.

Kurz nachdem Truman Truppen nach Korea entsandt hatte, führte ich ein Gespräch mit einer sehr alten Frau, das in der Royale Bakery begann. Ich gehörte nicht zu der Sorte Mensch, die einfach so Fremde ansprach oder von Fremden angesprochen wurde, doch der Frau war ihre weiße Papiertüte aus der Hand gefallen. Ich hob sie auf und merkte, dass nur ein Brötchen darin war.

Die Frau bedankte sich in einem Englisch mit starkem Akzent, und ich antwortete auf Deutsch. Sie ging ganz krumm und war abgemagert, doch als sie lächelte, sah ich, dass sie einmal schön gewesen war. Wir unterhielten uns eine kurze Weile in der vollen Bäckerei über das gute Deutsch, das ich sprach, dann dankte sie mir noch einmal und machte sich mit unsicheren Schritten auf den Weg. Ich lief ihr nach und bot ihr meinen Arm. Wieder lächelte sie.

Während wir langsam westwärts gingen, erzählte sie mir, sie habe zu den Glücklichen gehört. Ein Teil ihrer Familie sei in den zwanziger Jahren in die Vereinigten Staaten emigriert. Als Hitler an die Macht kam, hätten sie ihren Mann und sie gedrängt, Deutschland zu verlassen.

Aber mein lieber Mann, sagte sie, war überzeugt, dass sich Hitler nicht lange halten und nicht viel Schaden anrichten könnte. Die Zeit hat ihn zwar vom Gegenteil überzeugt, aber er war nicht gesund genug für die Reise. Er starb eine Woche bevor die Nazis Hunderte Synagogen niederbrannten. Menschen wurden gefoltert und viele umgebracht. Tausende wurden in Internierungslager gebracht. Ich lebte damals in München, und eins dieser Lager war nur zwanzig Kilometer entfernt. Ich war viel zu alt, um in Amerika ein neues Leben zu beginnen, doch ich konnte nicht zulassen, in den Händen der Nazis zu bleiben.

Schließlich waren wir in der West End Avenue angekommen und warteten auf das Umschalten der Ampel, da erzählte sie mir etwas sehr Ungewöhnliches über die deutsche Sprache. Aus irgendeinem Grund war das Wort Nachfreude im neunzehnten Jahrhundert außer Gebrauch gekommen. Freude wurde noch verwendet, auch die Vorfreude, mit der man etwas Freudiges erwartete, die Nachfreude, die man bei der Erinnerung daran empfand, aber nicht mehr. Dennoch war es ein sehr wichtiges Wort. Es war das, was sie empfand, wenn sie an das Leben dachte, das sie mit ihrem Mann geführt hatte.

Die Ampel sprang um, und wir überquerten die Straße. Vor dem ersten Gebäude auf der anderen Straßenseite gaben wir uns die Hand, und ich spürte, wie stark ihre Hand durch Arthrose verkrümmt war.

Wir stellten uns zwar mit Namen vor, aber ich sah die Frau nie wieder. Nachfreude aber fand Eingang in meinen deutschen Wortschatz.

42.

Ich hab ein paar ernste Takte mit dem miesen Schwein geredet, sagte Sammy, und ihm klar gemacht, was jetzt seine Pflicht ist. Mit Rabbi Feldman hab ich auch gesprochen, und in Anbetracht der Umstände erledigt er die Sache mit dem Übertritt auf schnellstem Wege. Für so einen miesen Kerl ist es keine Hürde, einem Rabbi ein paar Lügen aufzutischen. Er tritt über, heiratet sie, wird ein guter Vater und ein guter Ehemann, oder er wird es bereuen, dass er überhaupt geboren wurde.

Von Sonia habe Sammy zu hören bekommen, dass Melissa und Larry im Grunde nur eins von ihm benötigten, Ermutigung nämlich und ein wenig materielle Unterstützung, und er habe ihr erläutert, Mischehen seien die größte Bedrohung für das jüdische Leben in Amerika. Solange sich die Juden nicht einer wie der andere wehrten, fielen sie bald einem »stillen Holocaust« zum Opfer.

Wie du vielleicht weißt, sagte Sammy, stehen in ein paar Wochen die Hohen Feiertage vor der Tür. In der Zeit herrscht bei mir immer Hochbetrieb. Urplötzlich besinnen sich die Leute wieder darauf, dass sie Juden sind, und wollen irgendetwas Jüdisches im Haus haben. Vielleicht erweist du uns dieses Jahr ja die Ehre und kommst zu Rosch Haschana in die Synagoge. Mit meinem Einfluss könnte ich dir einen guten Platz besorgen.

Darüber haben wir doch schon gesprochen, sagte ich.

Wie wär's dann zu Jom Kippur?, sagte Sammy. Könnte doch sein, dass du die eine oder andere Sünde auf dem Buckel hast und loswerden willst. Du wärst überrascht, wie viele Ältere zu ihren Wurzeln zurückfinden.

Vielleicht, sagte ich, bin ich noch nicht älter genug.

Zu Jom Kippur bat mein Vater mich um Verzeihung für die Sünden, die er gegen mich begangen hatte, wie es ihm aufgetragen war, und ich bat ihn um Verzeihung. In Wirklichkeit verzieh mein Vater mir aber so wenig wie ich ihm.

43·

Auf einer Party, zu der Sonia und ich gegangen waren, bevor wir Kinder hatten, hatte eine Frau über Träume gesprochen. Wir übrigen unterbrachen unser Geplauder und hörten zu.

Am besten erinnert man sich an seine Träume, sagte sie, wenn man einen Schreibblock neben dem Bett liegen hat und beim Aufwachen sofort alles notiert, was man noch weiß. Aus den Stichworten kann man den Traum rekonstruieren. Wenn man das jeden Morgen tut, hat man bald ein Tagebuch seines Unbewussten zusammen und erfährt Dinge über sich, die man auf andere Weise nicht in Erfahrung bringen kann.

Nachdem wir Freuds *Traumdeutung* gelesen hatten, erzählte mir Sonia, ihre Träume seien genau wie die von Sehenden. Sie berührte einen Tisch, und er verwandelte sich in einen Hund. Sie ging durch den Regen und spürte plötzlich die heiße Sonne auf dem Gesicht.

Auf dem Heimweg von der Party sagte sie, im Grunde traue sie ihren Träumen nicht. Das wäre so, als traute sie ihren Gefühlen. Und auch wenn man sich eine Braille-Schreibmaschine ans Bett stellen und alles niederschreiben würde, was man noch wusste, erinnerte man sich ja nur an Teile eines Traums. Wie könnte man sich da sicher sein, dass das, was man noch wusste, wichtiger war als das, was man vergessen hatte?

Ich hatte gerade wieder von dem Blatt Papier in Sonias Schreibmaschine geträumt. Während ich da lag und über den Traum nachdachte, wurde mir klar, dass ich ihr Arbeitszimmer zu einem Schrein gemacht hatte, einem Schrein, den ich nicht zu betreten wagte. Ich hatte auch ihre Bücher in Braille in den Regalen gelassen, obwohl ich wusste, dass das falsch war.

Um neun Uhr rief ich beim New Yorker Blindenwerk an. Die Frau, mit der ich sprach, sicherte mir zu, jemand käme sobald wie möglich. Sie dankte mir für meine Großzügigkeit und sagte, sie finde es sehr traurig, dass einige Hinterbliebene zuließen, dass sich auf den Büchern in Braille Staub ansammelte, obwohl sie anderen doch so viel nützen konnten. Sie sei selbst blind, sagte sie mir vor dem Auflegen.

44.

Zu dieser unglückseligen Geschichte mit einer Studentin, sagte Eva, ist es nur wegen des extremen Drucks gekommen, der im Wissenschaftsbetrieb herrscht. Maurice weiß inzwischen, wie dumm er sich benommen hat.

Dad, ich komme mir vor, als spräche ich mit einer Irren, die an der Kante eines Gebäudes steht und zu springen droht. Es ist meine Pflicht, ihr das auszureden, aber je länger ich ihr zuhöre, desto mehr denke ich, Springen ist vielleicht doch keine so schlechte Idee.

Bei Robert hat sich die Arbeitssucht derweil noch gesteigert, die eine Krankheit, für die unsere Kultur hohe Dividenden zahlt. Verstehen kann ich ihn ja schon. Wer würde sein Leben nicht gern vierzehn Stunden am Tag selbst in der Hand haben? Ich überlege, ob ich auch arbeitssüchtig werden soll. Nur führen wir halt noch Krieg. Das Organisationskomitee für den Friedensmarsch auf der Fifth Avenue hat Beweise, dass amerikanische Soldaten vor einem halben Jahr fünfhundert vietnamesische Dorfbewohner in einem Graben erschossen haben. Ich bin mittlerweile so weit, dass ich alles glaube. Wenn man sie aus der Luft umbringen kann, warum nicht in einem Graben erschießen?

Ich war auch so weit, dass ich alles glaubte. Abwürfe von Streubomben. Feuer-Frei-Zonen. Napalm. Über den Einsatz solcher Waffen und die Anwendung solcher Taktiken wurde in stillen klimatisierten Büros mit Teppichboden entschieden, Maßnahmen, die bei der Umsetzung von Politik als unverzichtbar galten. Japaner und Deutsche, Russen, Chinesen und Vietcong verübten Gräuel, doch das war nicht, darüber herrschte Einigkeit, die amerikanische Art.

Früher lernten Frauen von ihren Müttern, wie man Hühnern den Kopf umdreht und wie man Schweine mit einem Beil schlachtet. Zimperlichkeit hinderte Larry Egerszegis Vater nicht daran, seine Arbeit zu tun. Solange es Schlachthäuser gab, gab es auch Menschen, die gewillt waren, dort zu arbeiten.

Anfang des Jahres hatte Eva in Washington an der ersten rein weiblichen Antikriegsdemonstration teilgenommen, organisiert von Women Strike for Peace und der Jeannette-Rankin-Gruppe. Jeannette Rankin, die im Kongress als einzige gegen den Eintritt der Vereinigten Staaten in beide Weltkriege gestimmt hatte, war sogar persönlich anwesend.

Eva war die Mutter eines Sohnes, der, falls er je aus Indien zurückkam, nach Vietnam geschickt werden konnte. Gewaltloser Widerstand gegen die Politik ihrer Regierung war für sie ein wichtiges Anliegen. Sie befürchtete aber, dass immer mehr Menschen allmählich glaubten, Marcuse hätte recht mit seiner »repressiven Toleranz«. Der Krieg in Vietnam war nach drei Jahren der Protestmärsche und Teach-ins, der Demonstrationen, Songs und Briefe an Kongressabgeordnete einem Ende keinen Schritt näher. Es war leicht nachzuvollziehen, warum Menschen wie Aaron und Rosa glaubten, politischer Protest sei bloß eine Farce.

Und es hatte so viele qualvolle Debatten gegeben, dass Marx, wäre er noch am Leben, heute das Reden über den Krieg als Opium des Volkes bezeichnet hätte.

Es gab aber auch eine Fraktion, die das Wort von der »Revolution« im Munde führte. Wie ernst das gemeint war und was genau das heißen sollte, war ungewiss. Ihre Helden waren Fidel Castro, Che Guevara, ja sogar der mörderische Mao Tse-tung.

Ihr Kollege Jeremy Perlmutter sprach von der künftigen Revolution wie Lenin, so Eva, wohl einst in Zürich. Das ging natürlich nicht ohne Gewalt ab, die »Herrschenden« gaben ihre Macht nicht friedlich preis. Vorläufig bestand Jeremys Beitrag zur Revolution darin, Studenten, die sich an »revolutionären Aktivitäten« beteiligten, freizustellen. Diese Studenten erhielten Bestnoten in Kursen, die sie bei ihm belegt hatten, ohne Teil des Räderwerks werden zu müssen, das durch den Besuch von Lehrveranstaltungen und das Ablegen von Prüfungen das System am Laufen hielt. Aus der Schanze seines Lehrstuhls, davon war er überzeugt, untergrub er so die Fundamente einer durch und durch verfaulten Gesellschaft.

Aber Jeremy war nur eine groteske Gestalt, eine Karikatur. Der lange, buschige Bart und der gewaltige Bierbauch passten dazu: ein düsterer Weihnachtsmann, der *Eve of Destruction* sang. Ernsthaftere Menschen fanden genügend Gründe dafür, zu den Waffen zu greifen. Wenn das Volk, von dem stets rhetorisch überhöht gesprochen wurde, sich seiner Unterdrückung und des schändlichen Tuns seiner Regierung bewusst wurde und revolutionäre Aktionen miterlebte, die in seinem Namen stattfanden, würde es aus seiner Lethargie erwachen wie einst das russische, das chinesische und das kubanische Volk.

Marcuse hatte zwar selbst in den Vereinigten Staaten

Zuflucht genommen, lag mit der »repressiven Toleranz« wohl aber trotzdem richtig. Die einen Amerikaner protestierten, und die anderen Amerikaner richteten in Vietnam weiter grauenhafte Dinge an. Es fiel mir nicht schwer zu glauben, dass amerikanische Soldaten ein halbes Jahr zuvor fünfhundert vietnamesische Dorfbewohner durch Erschießen in einem Graben ermordet hatten. Amerikanische Bomber würden noch viele, viele mehr töten, bis der Präsident, wer immer es dann war, schließlich vor aller Welt verkündete, dass der Frieden in greifbare Nähe gerückt sei. Und bestimmt schrieb dann ein Journalist, der Worte seines Kollegen Tacitus eingedenk: *Ubi solitudinem faciunt, pacem appellant*: Sie schaffen eine Wüste und nennen das Frieden.

Eva, merkte ich, wartete auf eine Antwort.

Ich streichelte ihr mit dem Handrücken die Wange, wie ich es oft bei Sonia getan hatte.

Nur wenn du Zeit hast, Dad, sagte sie.

45.

Fritz musste absagen und entschuldigte sich.

An dem Wochenende habe ich in Washington zu tun, sagte er. Ich bin Lobbyist geworden, ich werde mit klugen jungen Referenten von Kongressabgeordneten sprechen. Unsere Strategie ist, dass ich sie überzeuge und sie wiederum ihre Chefs überzeugen. Und dass daraufhin neue Gesetze verabschiedet werden und Individualrechte nicht mehr davon abhängen, wer die persönlichen Freunde eines Menschen sind. Das ist jedenfalls im Großen und Ganzen der Plan. Ich war noch nie so beschäftigt, ich gehe zu Versammlungen, schreibe Pressemitteilungen und bin den ganzen Tag am Telefon.

Und da ist noch etwas. Ich zögere, es zu sagen, weil es so unerwachsen klingt, aber ich habe einen Mann kennengelernt. Er ist ein Mitstreiter für die Rechte von Schwulen, wie wir uns nun nennen. Ray ist achtundvierzig, genau eine Generation jünger, aber auch Historiker. Wissenschaftsgeschichte. Seine Newton-Biographie war mal für den Pulitzer nominiert. Im Moment befinden wir uns noch im Kollegenstadium, und ich gebe mir Mühe, mich nicht aufzuführen wie das sprichwörtliche Schulmädchen. Ich bin selber überrascht, Mendel, ich hätte nicht gedacht, dass ich es noch einmal riskiere, so zu fühlen.

In *Das Unbehagen in der Kultur* hatte Freud geschrieben: *Niemals sind wir ungeschützter gegen das Leiden, als wenn wir lieben.*

Ich habe durch den einzigen Menschen, den ich je geliebt habe, jedoch nie leiden müssen.

Freuds Satz ging noch weiter: und *niemals hilfloser unglücklich, als wenn wir das geliebte Objekt oder seine Liebe verloren haben.*

Im Bett hatte Sonia manchmal Shakespeare zitiert. Das war noch einer unserer privaten Witze.

Mehr Zunder braucht's für euer Feuer nicht.

Oder:

Damit die Zukunft überfließ' in Wonne und Lust bis an den Rand.

Oder:

Die Liebe schwärmt, wo zwei zusammen sind.

Und sogar:

Doch Lieb' ist blind, Verliebte sehen nicht die art'gen Kinderei'n, die sie begehen.

46.

Die beiden Männer vom New Yorker Blindenverein waren Neger. Sie lächelten mich an, und ich lächelte sie an. Sich die Hand zu geben kam mir nicht angebracht vor.

Ich führte sie in Sonias Arbeitszimmer und wies auf ihre Bücherregale.

Das alles?, fragte der Ältere der beiden.

Ja, bitte, sagte ich.

Das kann ein Weilchen dauern, sagte der Ältere. Da müssen wir öfter fahren.

Dann überlasse ich Sie Ihrer Arbeit, sagte ich.

Ich setzte mich im Dunkeln an meinen Schreibtisch, bis der Ältere meinen Namen rief.

Sonias Arbeitszimmer sah geplündert aus.

47.

In meinem Traum war die Tür zu Sonias Arbeitszimmer abgeschlossen. Das hatte ich noch nie erlebt.

*

Lange stand ich vor ihrer Tür. Schließlich drehte ich den Knauf und stemmte mich gegen die Tür, als erwartete ich Widerstand. Ich schaltete das Licht an und erschauderte vor Kälte. Sonia und ich hatten zum Schlafen nie etwas angezogen.

*

Ich hätte gern meinen *Othello*. Er steht im obersten Regalfach, das vierte Buch von rechts.

Aber es ist nur ein Traum.

Liebes, ich sterbe.

Ich schaltete das Licht in der Diele an, aber die Diele blieb so dunkel wie unser Zimmer.

Versprich mir, dass du nicht anrufst.

Ich tastete an der Wand entlang, bis ich bei Sonias Arbeitszimmer angekommen war.

Bald gibt es mich nicht mehr.

Ich öffnete die Tür und schaltete das Licht an, doch auch dieser Raum blieb dunkel.

Aber du hast ja noch meine Briefe, die angefüllt sind mit …

Das oberste Regalfach war leer.

Wir waren mit einem Stocherkahn auf dem Cam. Ich stand am Bug und stakte uns mit einer langen Stange vorwärts. Mir zitterten die Beine. Ich war kurz davor, in den Fluss zu stürzen und zu ertrinken.

Sammys Anruf weckte mich.

Er hat sich inzwischen dazu herabgelassen, der Polizei zu sagen, wer er ist. Er wusste, dass bei mir jetzt Hochbetrieb herrscht. Ich hab tausend Dinge zu tun, in der Firma und in der Synagoge, und keine Zeit, nach Chicago zu fliegen und meinen Hippiesohn aus dem Gefängnis herauszukaufen.

Ich kann fahren, sagte ich.

Wovon sprichst du?, sagte Sammy.

Sag mir einfach, was ich tun soll, sagte ich.

Du könntest das wirklich übernehmen?, sagte Sammy. Mrs. Bernstein kann alles Nötige erledigen.

48.

Manuel winkte nach einem Taxi. Er und die übrigen Angestellten der Hausverwaltung waren aufrichtig betroffen gewesen. Sie waren höflich und freundlich zu allen Bewohnern, ganz gleich, ob die auch höflich und freundlich zu ihnen waren. Sonia aber hatten sie sehr gern gehabt.

Der Taxifahrer war ebenfalls ein Neger. Ich sagte, ich wolle zum Flughafen, und er stellte den Taxameter an. Ich war erleichtert. Manche Fahrer lehnen die Fahrt zum Flughafen ab, obwohl sie von Gesetzes wegen verpflichtet sind, Passagiere innerhalb der Stadtgrenzen überallhin zu befördern.

Ich schloss die Augen. Charles Bovary war kurz nach Entdeckung der Liebesbriefe Emmas gestorben. Sich vorzustellen, wie er mit diesem Wissen weiterleben sollte, überforderte sogar Flaubert.

Normalerweise unterhielt ich mich nicht mit Taxifahrern, es sei denn, sie sprachen mich an. Dem Foto auf Fred Wilsons Taxilizenz nach zu urteilen war er ungefähr in Sammys Alter.

Ist sicher anstrengend, im New Yorker Verkehr Taxi zu fahren, sagte ich.

Kommt drauf an, sagte Fred Wilson, im Vergleich wozu. Ich hab mal einen Panzer gefahren. 761. Panzerbataillon. Belgien, Deutschland. Schlimmste Zeit meines Lebens. Bei uns liegt das Pech anscheinend in der Familie. Mein Vater war im Ersten. Schwere Verwundung. Hat immer davon geträumt, noch mal nach Paris zu kommen. Er hat's aber nicht geschafft.

Wäre er ein Weißer gewesen, hätte ich mich die ganze Fahrt bis zum Flughafen mit Fred Wilson unterhalten.

Aber es gab Gespräche, die Weiße mit Negern nicht führen konnten.

*

In der Abflughalle wollte ich Bernard Malamuds *Fixer* lesen, aber meine Augen glitten nur über die Wörter hinweg. Es war dumm, dass ich das Buch gekauft hatte. Die Zeiten, in denen ich in ein Buch fliehen konnte, waren vorbei. Männer lasen hier das *Wall Street Journal* oder die *New York Times*. Frauen sah ich nur wenige. Sie hatten ebenfalls alle eine Zeitung vor sich, ausgenommen eine Frau ungefähr in Evas Alter, die *Der Prozess* las.

Die Stewardess lächelte, als ich ihr meine Bordkarte zeigte, und sie lächelte immer noch, als ich mich auf meinen Fensterplatz setzte. Die Frau, die den *Prozess* las, hatte ihren Platz auf der anderen Seite des Gangs, ebenfalls am Fenster. Die Plätze neben uns waren noch unbesetzt, als der Pilot in dem Ton, den sie offenbar alle haben, ansagte, dass wir uns auf den Start vorbereiteten.

Ich wollte lesen, aber wieder glitten meine Augen nur über die Wörter hinweg. Ich hatte mich gegen jedermann abgeschirmt, ausgenommen Sonia.

Als wir in der Luft waren, bat ich die Stewardess um einen Tee. Die Frau auf der anderen Seite des Gangs öffnete die Augen und bestellte einen doppelten Cognac. Als die Stewardess gegangen war, löste sie ihren Sicherheitsgurt und schlüpfte auf den Sitz neben ihrem am Gang.

Was lesen Sie?, sagte sie.

Ich hielt mein Buch hoch.

Düster, sagte die Frau. Den Roman, der den Pulitzer gewinnt, lese ich immer, aber der war eindeutig zu düster.

Der *Prozess* ist noch schlimmer, mein Therapeut hat ihn mir aber empfohlen.

Die Stewardess brachte ihr den Cognac und mir den Tee, bat uns, die Ruftaste zu drücken, wenn wir etwas wollten, und eilte davon.

Ich dränge mich Ihnen auf, sagte die Frau. Sie möchten lieber lesen, sind aber zu höflich, es zu sagen.

Ich kann mich nicht konzentrieren, sagte ich.

Dann können wir uns auch unterhalten, sagte die Frau. Wir könnten eins dieser Gespräche führen, bei denen man absolut ehrlich ist. Normalerweise ist so etwas zu riskant, aber Sie und ich haben im Grunde nichts zu verlieren, oder?

Ich hatte Sonia nie angelogen, war jedoch nicht immer absolut ehrlich gewesen. Absolut treu allerdings immer. Etwas anderes wäre gar nicht möglich gewesen.

Die Frau, die auf der anderen Seite des Gangs gesessen hatte, setzte sich neben mich.

So, sagte sie, brauchen wir nicht zu schreien.

Sie schaute auf ihr Glas.

Was mache ich um elf Uhr vormittags mit Cognac?, sagte sie. Wer sein Elend in Alkohol ertränken will, ertrinkt zuletzt selber. Tee ist viel klüger.

Sie drückte die Ruftaste, und die Stewardess war fast sofort da.

Ich wäre Ihnen dankbar, wenn Sie das bitte zurücknehmen und mir eine Kanne Tee bringen würden, sagte die Frau.

Die Stewardess nickte und eilte davon.

Auf Namen können wir verzichten?, sagte die Frau.

Ich heiße Mendel Kabakov.

Oh, sagte die Frau. Das sollte eine Frage sein. Aber nachdem Sie Mendel Kabakov gesagt haben, sollte ich

Karen Armstrong sagen. Was ist das für ein Name, Mendel Kabakov?

Meine Eltern kamen aus Bels, in Galizien, sagte ich.

Sind Sie Jude?, sagte Karen Armstrong.

Ich gebe Ihnen die einfache Antwort, sagte ich, und sage ja.

Der Mann, zu dem ich nach Chicago fliege, um mich scheiden zu lassen, ist Jude, sagte Karen Armstrong. Genau genommen heiße ich noch Winograd, aber ich versuche mich daran zu gewöhnen, wieder Armstrong zu sein.

Sie zeigte auf meine Teekanne.

Wird der nicht zu stark?

Ich trinke meinen Tee in der Regel so stark wie möglich, sagte ich.

Die Stewardess brachte ihr den Tee und eilte davon.

Dann probier ich so stark wie möglich auch, sagte Karen Armstrong. Tun Sie etwas rein?

Sonia und ich nahmen nie Milch oder Zucker und Zitrone.

Ich schüttelte den Kopf.

Dann lass ich es auch, sagte Karen Armstrong. Woher wissen Sie, wie lange er ziehen muss?

Ich schenkte mir einen kleinen Schluck ein.

Er soll ungefähr so sein, sagte ich. Möchten Sie probieren?

Ja, bitte, sagte Karen Armstrong.

Ich goss ihr Tee in ihre Tasse. Sie rührte um und pustete auf den Löffel. Sonia machte es genauso. Als Kind hatte sie sich einmal die Zunge verbrannt und war seitdem vorsichtig, damit es ihr nicht noch mal passierte.

Wenn wir absolut ehrlich sein wollen, sagte Karen Armstrong, kann ich gleich zugeben, dass ich ebenso viel Schuld habe wie mein Mann. Harveys Hauptsünde war die Rumtreiberei. Meine war extremer Narzissmus. Er hat sich immer darüber beschwert, dass ich nur meine eigenen Probleme gelten ließ, und ich fürchte, er hatte recht. Ich hab ständig in mich reingehört und die Kümmernisse von anderen kaum bemerkt. Außerdem konnte ich keine Kinder bekommen. Das hat er mir auch vorgehalten.

Sie schüttelte den Kopf.

Mit dem *Fixer* wären Sie bestimmt besser bedient, sagte sie. Ich hab offensichtlich Redebedarf, und Sie sind der arme Mensch, der zufällig auf der andere Seite des Gangs saß. Wollen Sie mir nicht lieber was von sich erzählen?

Ich fliege nach Chicago, sagte ich, um meinen Enkel auf Kaution aus dem Gefängnis zu holen. Er war einer der Demonstranten, die während des Parteitags der Demokraten verhaftet wurden.

Harvey war Delegierter bei dem Parteitag, sagte Karen Armstrong. Jetzt, wo er seine Millionen gemacht hat, möchte er in die Politik gehen. Er passt eigentlich genau rein. Woran erkennt man, ob ein Politiker lügt?

Sie lächelte.

Seine Lippen zucken, sagte sie.

Sie lachte, und plötzlich begriff ich, es war Joe.

Als Frederika einmal mit Lungenentzündung im Krankenhaus lag, hatte ihr Bruder Hans Joachim, der sich selbst Joe nannte, das Vorlesen übernommen. Sonia hatte Joe auch geschrieben.

Karen Armstrong drückte die Ruftaste, und die Stewardess war fast sofort da.

Ich sollte eigentlich mal etwas essen, sagte Karen Armstrong.

Wie wäre es mit einem Roastbeef-Sandwich?

Das klingt gut, sagte Karen Armstrong.

Sie haben keinen Hunger?, sagte sie, als die Stewardess gegangen war.

Ich schüttelte den Kopf.

Kurz darauf brachte die Stewardess Karen Armstrongs Sandwich.

Guten Appetit, sagte sie.

Sie hatte ununterbrochen gelächelt.

Anfangs schrieb Joe zwei-, dreimal die Woche.

Er fürchtete, dass die Nationalsozialisten schon bald an die Macht kamen.

Remarques *Im Westen nichts Neues*, da war er sich sicher, würde an der Einstellung der Deutschen zum Krieg kein Jota ändern.

Er war wütend auf die Galeriebesitzer, weil die so töricht waren.

Von Frederika abhängig zu sein war ihm zuwider.

Das Leben in Berlin war ein Albtraum.

In jedem Brief schrieb er aber auch ein paar Zeilen über eine Frau, die er liebte. Im Allgemeinen schilderte er andere sehr genau und mit vielen Details. Wenn er sich über diese Frau nur so vage äußerte, war sie wohl verheiratet, dachte ich.

Joe war ein Buckliger. Er hatte einen übermäßig großen Kopf und eine abnorm lange Nase. Seine Augen standen so eng zusammen, dass er aussah wie ein Wahnsinniger.

49.

Auf dem Polizeirevier musste ich in einem unscheinbaren Raum lange warten, bis Aaron, begleitet von einem Polizisten mit grauem Haar, hereinkam und mich umarmte. Das hatte er noch nie getan. Ich sagte ihm, die Sekretärin seines Vaters hätte ein Hotelzimmer für uns reserviert.

Ich hätte nichts dagegen, mal etwas Anständiges zu essen, sagte er.

Im Hotel bekommen wir sicher etwas.

Hättest du was gegen chinesisch?, sagte Aaron.

Chinesisch wäre schön, sagte ich. Wir können uns ein Taxi nehmen und den Fahrer bitten, uns zu einem Chinarestaurant zu bringen.

Chicago ist voll von Chinarestaurants, sagte Willie Jackson. Wollen Sie etwas Schickes oder soll es einfach sein?

Irgendeines, das Sie empfehlen können, sagte ich.

Mamma Loo's ist nicht gerade das Ritz, sagte Willie Jackson, aber das Essen schmeckt und kostet nicht die Welt. Das sind aber bloß zwei Querstraßen von hier. Ich kenne welche, die würden jetzt mit Ihnen die große Runde fahren, aber so bin ich nicht erzogen worden.

Wenn wir schon mal da sind, sagte ich, können Sie uns auch hinbringen.

Der Fahrgast hat immer recht, sagte Willie Jackson.

Als wir bei dem Restaurant ankamen, gab ich ihm einen Fünfdollarschein.

Bitte behalten Sie das Wechselgeld, sagte ich, und danke für die Empfehlung.

Ich hab zu danken, Sir, sagte Willie Jackson.

Aaron bestellte sich Beef lo mein, und ich tat es ebenfalls.

Der einzige Grund, sagte er, weswegen ich Vegetarier geworden bin, war Rosa. Sie war wahrscheinlich der Grund für eine Menge Dinge, die ich getan habe. Danke, dass du mich rausgehauen hast. Ich hatte nicht bedacht, dass bei meinem Vater jetzt gerade Hochbetrieb ist. Ich bin richtig froh, dass du gekommen bist. Keine Ahnung, wie viel von seiner Häme ich ausgehalten hätte. Ich dachte, ich wäre stärker im Nehmen, aber in der ersten Nacht im Gefängnis hab ich geweint wie in der ersten Nacht im Ferienlager. Und ich war nicht der einzige. Auf der Straße haben sie uns zusammengeschlagen, aber da konnte man wenigstens wegrennen oder sich wehren. Im Gefängnis konnte man nichts machen. Viele haben sich auf Kaution rausholen lassen, die Befriedigung wollte ich meinem Vater aber nicht geben. Es wurde aber von Tag zu Tag schlimmer, bis ich schließlich so weit war, dass ich nur noch aus dem Gefängnis rauswollte.

Aaron wollte jetzt wieder ans College gehen, und eine neue Freundin fand er auch bald. Die Zeit im Gefängnis wurde einmal zu einer Geschichte.

Wir waren gerade mit dem Essen fertig, da legte der Kellner uns schon die Rechnung auf den Tisch. Glückskekse gab es bei Mamma Loo's nicht.

*

Aaron schlug einen Spaziergang vor. Er bestand darauf, meine leichte Tasche zu tragen.

Für Passanten auf der Straße war Joe eine Schreckensgestalt, wie einem Märchen entsprungen. Wenn ich nach Hause kam, war er meistens schon gegangen, und die wenigen Male, die wir uns begegneten, war er grob und unfreundlich. Ich war sehr erleichtert, als Frederika wiederkam.

Doch Joe erschien ein letztes Mal. Vor der Abreise nach Deutschland kam er und zeichnete ein Porträt von Sonia.

Wir liefen jetzt durch ein Negerviertel. Als Aaron sagte, er würde sich in dem kleinen Park, den wir gerade durchquerten, gern für eine Weile auf eine Bank setzen, sagte ich, ich würde wegen meiner Altmännerblase lieber ein Taxi nehmen und zum Hotel fahren.

Zwei Neger, die Anzüge trugen, stiegen gerade aus einem aus, und Aaron und ich stiegen gleich ein. Das Haar des schwarzen Fahrers war so weiß wie meines.

Zum Drake bitte, sagte ich.

Der Fahrer, Leroy Johnson, beobachtete uns im Innenspiegel.

Sie haben mächtig Glück, sagte er. Hierher fahr ich sonst nie. Es gibt ein paar nette Ecken in Chicago, aber die, wo Sie waren, ist keine. Man kann sich in unserer Stadt gut amüsieren, man muss aber wissen, wohin man gehen kann. Am besten, Sie erkundigen sich im Hotel.

Als er unsere Zimmerschlüssel auf den Tresen gelegt hatte, ließ der Angestellte an der Rezeption, das gängige Klischee eines Homosexuellen, den Blick mehrmals zwischen mir und Aaron hin- und herwandern.

*

Eine junge Frau in einem engen schwarzen Kleid lächelte, als ich zur Seite trat und ihr den Vortritt ließ. Mein Vater wäre mit so einer Frau niemals in einen Fahrstuhl eingestiegen. Sie stieg auf unserer Etage aus. Beim Aufschließen ihrer Tür lächelte sie noch einmal.

Aaron trug mir die Tasche ins Zimmer.

Ich hoffe, es macht dir nichts aus, wenn du meine Eltern anrufst, sagte er. Psychodramen verkrafte ich noch nicht.

Was soll ich ihnen sagen?, fragte ich.

Sag ihnen danke, dass sie mich rausgekauft haben, sagte Aaron.

Beinahe hätte ich meine Notlüge vergessen. Im Bad starrte ich mich im Spiegel an.

Stirb, flüsterte ich. Stirb einfach.

*

Das hier wäre alles nicht nötig gewesen, sagte Aaron.

Dein Vater übernachtet immer hier, wenn er geschäftlich in Chicago zu tun hat, sagte ich. Soll ich deinen Eltern noch was anderes ausrichten?

Eigentlich nicht, sagte Aaron. Entschuldige, aber im Moment sollte ich besser bloß pennen. Ich komme mir vor, als hätte ich seit Wochen nicht geschlafen.

*

Ich rief in Sammys Büro an.

Das Drake ist großartig, nicht?, sagte Mrs. Bernstein. Ich übernachte zu gern im Drake.

Mrs. Bernstein war eine sehr dünne Frau in den Fünfzigern. Möglicherweise hatte Sammy sie eingestellt, um sich vor der Versuchung zu schützen.

Und?, sagte er.

Er schläft, sagte ich. Ich soll danke sagen, dass du ihn rausgekauft hast.

Das ist alles?, sagte Sammy. Danke? Er verschwindet für einen Monat, landet im Gefängnis und hat nichts weiter zu sagen als danke? Vielleicht hätte ich ihn einfach drin schmoren lassen sollen. Ich weiß schon genau, was Amy sagen wird. Ruf du sie lieber an.

Melissa war am Apparat.

Von leichten Rückenschmerzen abgesehen ging es ihr gut. Nur hatten sie und Larry Schwierigkeiten, sich auf einen Namen zu einigen. Sie war für Kimberly, wenn es ein Mädchen, und Richard, wenn es ein Junge wurde, er war aber für Heather und Lawrence Junior.

Gegen Lawrence Junior würde Sammy Einspruch erheben, weil Juden Kinder nicht nach Personen benannten, die noch lebten. Wie die meisten Aschkenasim wusste er nicht, dass das bei den Sephardim üblich war.

Ich würde mich wirklich freuen, wenn du Larry mal kennenlernst, sagte Melissa. Er interessiert sich sehr für Geschichte.

Sie war mit der Schilderung ihrer Pläne für das Kinderzimmer gerade fertig, als Amy nach Hause kam.

Ich sagte ihr, Aaron schlafe schon.

Schlaf, sagte sie, kann ihm nicht schaden. Hast du mit Sammy gesprochen?

Nur kurz, sagte ich.

Ich fasse es einfach nicht, dass er seine Firma über seinen Sohn stellt, sagte Amy. Danke, dass du nach Chicago geflogen bist, Mendel. Zumindest einer in der Familie ist erwachsen.

*

In der *Wajikra* steht geschrieben, dass Bucklige und Blinde in Gottes Heiligtum kein Amt versehen dürfen. Ich hatte meinen Vater nie gefragt, warum Gott überhaupt Bucklige und Blinde geschaffen hat.

Joe liebte Sonia. Wie sollte er auch nicht? Und wie brachte er es fertig, es ihr nicht zu sagen?

Ich schritt auf und ab, legte mich aufs Bett, stand wieder auf und trat ans Fenster. In dem schwachen Licht war der Lake Michigan kaum noch zu erkennen.

Als Sonia und ich an Land waren, legte ich die Stange

sicher ab und setzte mich neben sie. Ich nahm ihre Hand, und wir küssten uns. Zu dem Zeitpunkt waren wir seit fast dreißig Jahren zusammen, und dennoch staunte ich noch immer über die Weichheit ihrer Brüste.

Es gab einmal eine Zeit, in der wir den Regen auf den nackten Körpern spürten. Graham hatte eine Cousine, die in einem Dorf im Norden von Schottland lebte, in dem es nur achtzig Familien gab. Sie war die Postmeisterin. Um ihr Einkommen aufzubessern und ihre Einsamkeit zu lindern, nahm sie ab und zu zahlende Gäste bei sich auf. Wir blieben zwei Wochen bei Mary, und eines Abends, als sie schon schlafen gegangen war, brachen wir zu einem Spaziergang auf. In der Nacht standen weder Mond noch Sterne am Himmel, und es gab auch nicht die vielen Lichter wie in New York. Wir schlenderten langsam die Straße entlang, und ich sah nichts als Schwärze. Es war ein warmer Abend, und als es zu regnen begann, sagte Sonia: Wollen wir uns nicht ausziehen?

Auf den Talmud konnte man sich nicht immer verlassen, aber Freundlichkeit ist die höchste Form der Weisheit. Als sie die Hand auf seinen Arm legte, bot Sonia Joe lebenslange Freundschaft an.

Nach den versteckten Bekundungen seiner Liebe hatte er zu schreiben aufgehört. Wenn sonst schon nichts, wollte er wenigstens ihre wohlklingende Stimme hören. Auch wenn ihm die Gespräche am Telefon sehr wehgetan haben mussten, hatte Joe doch nie aufgehört, sie zu lieben.

Ich konnte nie das geringste Mitgefühl für Othello aufbringen. Wie blind er für Desdemonas Liebe gewesen war! Er hatte zugelassen, dass das *grünäugige Scheusal* ihrer beider Leben zerstörte.

Joe geheimzuhalten war nur die höchste Form der Weisheit gewesen.

50.

Das Klopfen an meiner Tür weckte mich. Ich hatte geträumt, dass Sonia und ich an unserem Küchentisch saßen und Kippers mit Spiegelei zum Frühstück aßen.

Trotz unseres Abendessens hatte Aaron so großen Hunger, dass er nicht schlafen konnte. Vollends wach geworden, merkte ich, dass ich auch Hunger hatte.

Wir wurden angestarrt, als wir den Speiseraum betraten. Eine Frau in einem sehr tief ausgeschnittenen Kleid kam zu uns, wie eine Stewardess lächelnd.

Entschuldigen Sie, sagte sie, aber Herren ist der Zutritt zum Speiseraum nur mit Jackett und Schlips gestattet.

Herrgott, sagte Aaron.

Vielleicht möchten Sie unsere Snackbar ausprobieren, sagte die Frau, noch immer lächelnd.

Vielen Dank, sagte ich.

Herrgott noch mal, sagte Aaron.

In der Snackbar setzten wir uns an einen Tisch.

Eine schon ältere Kellnerin kam an den Tisch.

Ich möchte Sie nicht zur Eile drängen, sagte sie, aber die Küche schließt in einer halben Stunde. Wissen Sie schon, was es für Sie sein darf?

Hamburger und Pommes, bitte, sagte Aaron. Und eine Coke.

Und für Sie, Sir?

Für mich dasselbe, bitte, sagte ich.

Die Coke auch?, sagte die Kellnerin.

Ich nickte, und sie machte kehrt und schlenderte in Richtung Küche davon.

Was, wenn ich dich um Rat bitten würde?, sagte Aaron.

Wenn du mich um Rat bitten würdest, sagte ich, würde ich sagen, erkundige dich zuerst danach, wie du Prüfungen nachholen kannst. Du bist schon so weit gekommen, da ist es nur vernünftig, auch den Abschluss zu machen.

Die Frage ist, ob ich vernünftig sein will, sagte Aaron.

Und, willst du?

Im Gefängnis, sagte Aaron, hatte ich endlich Zeit zum Nachdenken. An der Wharton hat man dafür nie Zeit. Und beim Nachdenken kam ich darauf, dass ich wie ein Tennisball war. Erst hat mein Vater mich zu Rosa gespielt, und jetzt spielt Rosa mich zurück zu meinem Vater.

Du bist ein Mann von einundzwanzig, der eine Entscheidung treffen will, sagte ich, und kein Tennisball.

Als du von zu Hause weggelaufen bist, sagte Aaron, bist du hinterher nicht wieder angekrochen gekommen.

Du bist nicht nur kein Tennisball, sagte ich, sondern auch nicht ich mit sechzehn. »Angekrochen kommen« ist eine unglückliche Metapher. Die Angst davor, deinen Vater zufriedenzustellen, ist kein guter Grund, dir das Leben noch schwerer zu machen.

Ich hab noch nie eigenes Geld verdient, sagte Aaron.

Dann mach das, sagte ich. Besorg dir eine Arbeit. Deinen Abschluss kannst du ein Jahr später auch noch nachholen. Dich bei jemandem von der Verwaltung melden solltest du aber trotzdem.

Wieso spricht mein Vater nie so mit mir?, sagte Aaron.

Die Kellnerin brachte unser Essen.

Lassen Sie sich ruhig Zeit, sagte sie. In der nächsten Stunde wird in der Küche noch gereinigt. Lassen Sie es sich schmecken.

Sonia und ich waren noch nicht verheiratet, als wir einmal mit der Subway nach Coney Island fuhren. Sie wollte barfuß durch den Sand laufen. Wir waren lange unterwegs, machten ab und zu Rast und lauschten dem Ozean.

Hinterher fanden wir einen Kiosk und kauften uns

Würstchen und Pommes frites. Die hatte Sonia noch nie gegessen.

Der Burger ist ziemlich gut, sagte Aaron.

Deiner Großmutter, sagte ich, hätten die Pommes auch geschmeckt.

Großmama aß Fritten?, sagte Aaron.

51.

Ich hatte gerade die ersten Seiten des *Fixer* gelesen, als Karen Armstrong sich neben mich setzte.

Das glaub ich jetzt nicht, sagte sie. Das ist ja wie bei Thomas Hardy. Mit Ihrem Enkel alles in Ordnung?

Scheint so, sagte ich. Er hat mich um Rat gebeten. Das hat er noch nie getan.

Junge Leute bilden sich ein, wenn sie erst mal erwachsen sind, ist alles phantastisch, sagte Karen Armstrong. Gut, dass wir ihnen nicht die Wahrheit sagen.

»Der Mensch erzeugt sich selbst das Unheil«, sagte ich, »wie Funken hoch emporfliegen.«

Hiob, sagte Karen Armstrong. Das haben wir im College gelesen. Ich staune, was Sie sich alles merken können. Wieso fühlte Gott sich bemüßigt, Satan etwas zu beweisen?

Genau die richtige Frage, sagte ich.

Als wir in der Luft waren, drückte Karen Armstrong die Ruftaste, und die Stewardess kam gleich darauf.

Sie hatten früher immer diese Platte mit kleinen Sandwiches, sagte Karen Armstrong.

Die haben wir immer noch, sagte die Stewardess. Was möchten Sie dazu trinken?

Nur Tee bitte, sagte Karen Armstrong.

Und für Sie, Sir?

Nichts, danke, sagte ich.

Wie ich sehe, sind Sie mit dem *Fixer* schon viel weiter, sagte Karen Armstrong, als die Stewardess gegangen war. Sie müssen es nicht zu Ende lesen, wissen Sie. Wenn man ein Buch liest und keine Freude daran hat, muss man nicht weiterlesen. Bin ich nicht sehr schlau?

Die Stewardess brachte ihr den Tee und die Sandwiches und eilte davon.

Nehmen Sie eins, bitte. Wenn ich die alle selber esse, komme ich mir zu gierig vor.

Sie reichte mir ein Sandwich. Ich begann zu essen und merkte erst da, dass ich großen Hunger hatte.

Das tut so gut, sagte Karen Armstrong. Es gibt nichts Besseres als Essen, wenn man Hunger hat.

Ich dachte gerade, dass wäre genau die Sorte apodiktischer Weisheiten, die man in Glückskeksen findet, da geschah etwas, womit ich nicht mehr gerechnet hatte.

Mein Körper, stellte sich heraus, hatte immer noch seinen eigenen Willen. Ich konnte gar nicht wieder aufhören zu lächeln.

Ein geheimnisvolles Lächeln, sagte Karen Armstrong.

Ich schüttelte den Kopf.

Was könnte verführerischer sein? Aber Ihr Ehering sagt mir, dass Sie, anders als manche von uns, noch verheiratet sind.

Ich bin Witwer, sagte ich.

Oh, sagte Karen Armstrong, das tut mir schrecklich leid.

Sie legte die Hand auf meinen Arm.

Wie lange ist es her?

Im April, sagte ich, war es ein Jahr.

Angeblich gewöhnt man sich ja an alles, sagte Karen Armstrong, aber das gilt nicht für alles.

Ich denke jeden Tag an meine Frau, sagte ich.

Mein Körper machte sich nicht mehr bemerkbar.

Erinnerungen, sagte ich, können tröstlich sein.

Karen Armstrong reichte mir noch ein Sandwich.

Während wir aßen, fiel mir der Spaziergang nach Chinatown ein, den Sonia und ich einmal gemacht hatten.

Lass uns mal irgendwo essen, wo nur Chinesen sind, hatte sie gesagt.

Die Straßen waren so voll, dass wir uns vorkamen wie in der Subway zur Stoßzeit. Wir fanden schließlich ein kleines Restaurant, in dem nur Chinesen saßen. Der Kellner sprach kein Wort Englisch. Er kam mit einem zweiten Mann an unseren Tisch zurück. Fisch?, sagte der. Huhn? Rindfleisch? Schwein?

Das war keine Übertreibung, sagte Karen Armstrong, ich bin wirklich eine Narzisstin schlimmster Sorte. Ich wollte Ihnen gerade meine Lebensgeschichte erzählen.

Sie haben mir zugehört, sagte ich, jetzt bin ich dran.

Meinen Sie das ernst?, sagte Karen Armstrong.

Nur zu, sagte ich.

In letzter Zeit, sagte Karen Armstrong, denke ich oft an die Zeit, als meine Mutter mich zum Psychiater schickte. Ich war miserabel in der Schule und hab nachts noch eingenässt. Sind Sie sich sicher, dass Sie das hören wollen?

Ja.

Mich immer wieder beruhigen zu müssen ist bestimmt sehr lästig, sagte Karen Armstrong.

Wie alt waren Sie da?, sagte ich.

Pardon, für eine Frau in meinem Alter sollte ich das besser können. Ich war neun. Der Psychiater wollte, dass ich »George« zu ihm sage. Mir kannst du alles sagen,

Karen, sagte er immer wieder. Ich hab ihm einen Haufen Lügen aufgetischt, aber auch ein paar Dinge erzählt, die gestimmt haben. Lange bin ich nicht hingegangen, weil meine Eltern sich dann scheiden ließen und meine Mutter, als mein Vater auszog, den Psychiater für rausgeschmissenes Geld hielt. Jemanden zu haben, der mir zuhörte, auch wenn es bloß George war, half komischerweise aber wirklich.

Ich überlege, ob ich ein Kinderbuch daraus machen soll. Ich würde natürlich nicht alles reinnehmen, aber Kinder verstehen viel mehr, als wir meinen. Es ist bestimmt ein Glück, dass ich keine haben konnte. Ich wäre eine schreckliche Mutter geworden.

Warum glauben Sie das?, sagte ich.

Ich brauche jemanden, der sich um mich kümmert, sagte Karen Armstrong. Ich hätte auch Angst, einem Kind zu schaden. Dauerhaft. Falls Sie es noch nicht bemerkt haben, das Universum ist uns nicht unbedingt wohlgesinnt. Man kann seiner Tochter tausendmal einen Kuss geben, und keiner dieser Küsse bleibt. Aber sie einmal die Treppe hinunterschubsen, und sie kann vielleicht nie wieder gehen.

Wissen Sie was? Jetzt wäre ein ausgezeichneter Moment, den Mund zu halten. Sie sind genau die Art netter Mann, die ich immer ausnutze. Fänden Sie es sehr unverschämt, wenn ich mal kurz die Augen zumache?

Keineswegs, sagte ich.

Karen Armstrong legte die Hände auf dem Schoß zusammen und schloss die Augen. Ich schielte auf ihre Brüste.

Bei Belcha und den anderen wollte ich immer, dass alles möglichst schnell vorbei war. Wenn Kierkegaard jedoch recht hat und die Leidenschaft ihren eigenen Untergang will, war das, was ich fühlte, wenn ich mit Sonia zusammen war, etwas völlig anderes.

Das war noch einer unserer privaten Witze.

Daher wird ein Mann seinen Vater und seine Mutter verlassen und seinem Weibe anhangen, und sie werden sein ein Fleisch.

*

Karen Armstrong war im Schlafzimmer meiner Eltern. Sie streichelte sich die Brüste. Das war von der Thora sicherlich verboten. Meine Eltern kamen bald nach Hause, und dann musste ich erklären, was Karen Armstrong in ihrem Schlafzimmer machte und warum sie sich die Brüste streichelte. Ich beschloss wegzulaufen. Kleine Sandwiches lagen auf unserem Küchentisch. Ich steckte mir zwei in die Tasche. Doch als ich Schließgeräusche an der Tür hörte, wusste ich, dass es nur einen Fluchtweg gab. Die Liebe, sagte ich, ist so stark wie der Tod.

Davon wachte ich auf.

Sie haben im Schlaf gesprochen, sagte Karen Armstrong. Sie haben »der Tod« gesagt.

Ich wollte aus dem Fenster springen, sagte ich, hatte irgendwie aber keine Angst.

Wenn ich das geträumt hätte, sagte Karen Armstrong, wäre ich schreiend aufgewacht.

Karen Armstrong und ich teilten uns ein Taxi nach Manhattan. Der Fahrer war ein kahlköpfiger Mann namens Irving Shapiro.

Karen Armstrongs Stadthaus war nur ein paar Straßen von Sammys entfernt.

Ich kann das Haus behalten, sagte sie. Harvey war sehr großzügig. Die Scheidung lief mit ihm viel besser als die

Ehe. Ich würde Sie ja hereinbitten, aber Sie sind bestimmt genauso erledigt wie ich. Aber rufen Sie mich an, Mendel. Wir gehen mal zusammen essen.

52.

Eva wollte mir Tee einschenken, aber die Kanne war bereits leer.

Soll ich die Kellnerin rufen und neuen bestellen?, fragte sie.

Meinetwegen nicht, danke.

Eva legte die Hände um ihre Tasse.

Ich komme mir verloren vor, Dad. Zum ersten Mal in meinem Leben komme ich mir total verloren vor. Maria findet es jetzt romantisch, die Geliebte zu sein. Und Robert geht am Ende bestimmt zu seiner Geliebten zurück. Und wer weiß, was James in Indien macht. Ich weiß, ich bin schwach, aber ich hab mehr oder weniger aufgegeben. Nixon wird gewählt, der Krieg geht immer weiter, und gegen alles das kann ich nichts machen.

Die junge Kellnerin kam an unseren Tisch. Sie lächelte, aber überhaupt nicht wie eine Stewardess. Das chinesische Kontingent von einhundertfünf pro Jahr war gerade aufgehoben worden, so dass nun deutlich mehr Chinesen in die Vereinigten Staaten einwandern konnten.

Fertig?, sagte die Kellnerin.

Sie beherrschte vielleicht nur hundert englische Wörter, lächelte aber wie die frisch eingewanderte Frau in Sonias Lieblingswitz.

Als sie die Formalitäten auf Ellis Island hinter sich gebracht hat, besteigt eine Einwanderin einen Zug nach Chicago, wo ihre Cousine lebt. In Pittsburgh, wo sie umsteigen muss, gerät sie versehentlich in einen Zug, der zurück nach New York fährt. Nach einer Weile fängt sie ein Gespräch mit einer Frau an, die auf der anderen Seite des Gangs sitzt.

Wo fahren Sie hin?, sagt sie.

Nach New York, sagt die Frau.

Die Einwanderin lächelt.

Gottenju, sagt sie. Da sitzen Sie auf Ihrer Seite des Gangs und fahren nach Osten, und ich, auf meiner Seite des Gangs, fahre nach Westen. Was für ein Land, dieses Amerika!

Die meisten Leute lachten über ihre Beschränktheit, doch Sonia mochte diesen Witz, weil die Frau zum ersten Mal in ihrem Leben das Gefühl haben konnte, es sei wirklich alles möglich.

Ich bin so müde, Dad, sagte Eva. Ich bin sogar zu müde, meinen Glückskeks aufzubrechen.

*

Ich wartete mit Eva vor dem Restaurant. Als schließlich ein Taxi kam, nahm ich sie in die Arme und drückte sie fest an mich.

53.

George Wallace hat eben General Curtis LeMay als seinen Kandidaten für die Vizepräsidentschaft nominiert. LeMay hatte den Abwurf von Brandbomben auf japanische Städte zu verantworten. Hunderttausende Menschen waren dabei den Flammentod gestorben. Laut Robert McNamara, seinem Adjutanten, hatte LeMay gesagt: »Wenn wir diesen Krieg verlieren, sind wir Kriegsverbrecher.« Jetzt äußerte LeMay vor Reportern, der Krieg in Vietnam lasse sich nur beenden, wenn man den Norden »in die Steinzeit zurückbomben« würde.

Es sind zwar Verhandlungen zur Beendigung des Kriegs in Paris angelaufen, aber keiner der Beteiligten scheint besondere Eile zu haben. Unterdessen hat Präsident Johnson verkündet, er habe beschlossen, die Bombardierung des Nordens zu beenden, aber es sind nur wenige, die auch nur ein Wort von dem glauben, was er sagt.

Die wichtigste Gesellschaftsnachricht dieser Tage ist, dass die Witwe von Präsident Kennedy einen wohlhabenden Griechen geheiratet hat, der neunundzwanzig Jahre älter sein soll. So ist die Welt zwar nicht, aber Jacqueline Kennedy hat wohl Anspruch auf ein bisschen Glück.

*

Ich hatte es eingesehen. Was Karen Armstrong über das Essengehen gesagt hatte, war nur wie die Sitte in spanischen Zügen. Der Anstand gebietet, dass jeder, der sein Mittagessen zu sich nehmen will, allen Mitreisenden im Abteil etwas davon anbietet. Der Anstand gebietet auch, dass niemand etwas annimmt.

*

Ich führe jetzt Tagebuch über meine Träume. Sonia erscheint in fast jedem. Aber manchmal träume ich von Karen Armstrong.

54.

Ich bin so froh, dass du anrufst, sagte Fritz.

Er habe, sagte er spöttisch, »ein gebrochenes Herz« auskurieren müssen. Ray hatte sich einem anderen zugewandt. Eine Zeitlang hatte er Fritz in dem Glauben gelassen, eine Beziehung zwischen ihnen wäre möglich.

Ich war bloß sein Rettungsring, sagte Fritz.

Ich könnte uns etwas zum Abendessen machen, sagte ich.

Danke, sagte Fritz, aber wir haben ein Treffen des Komitees. Ray wird zwar auch da sein, ich will mich aber nicht für den Rest meines Lebens selbst bedauern.

Wenn Fritz auf unserem Sofa gesessen hätte, hätte ich mich neben ihn gesetzt und die Hand auf seinen Arm gelegt.

55.

Wie wär's mit chinesisch?, sagte Karen Armstrong.

Ich kenne ein Restaurant, sagte ich, da ist es wie in China.

Wie bald können wir hin?, sagte Karen Armstrong.

Bevor ich antworten konnte, wachte ich auf.

An dem Vormittag rief Karen Armstrong an.

Wieso haben Sie nicht angerufen?

Ich entschied mich für absolute Ehrlichkeit.

Ich hatte Angst, sagte ich.

Ich dachte, ich bin der Bekloppte, sagte Karen Armstrong. Jedenfalls, ich habe eine erste Fassung geschrieben.

Mein Arbeitstitel lautet »Mir kannst du alles sagen«. Ich wüsste gern, was Sie davon halten. Ich weiß, Sie sind kein Fachmann, aber ich habe das sichere Gefühl, dass Sie mir Ihre ehrliche Meinung sagen. Das mit dem Essengehen war ernst gemeint, Mendel.

*

Ich fuhr mit der Subway nach Coney Island. Als ich barfuß den menschenleeren Strand entlangging, begann es zu regnen.

Eine Nachbemerkung des Autors

Mendel, Sonia, Karen Armstrong und die anderen sind literarische Gestalten und dürfen nicht mit lebenden oder toten Personen verwechselt werden. Dennoch habe ich mich bemüht, die historischen Ereignisse in diesem Buch so genau wie möglich darzustellen. Natürlich deutet Mendel die Vergangenheit, aber weder er noch ich verfälschen sie wissentlich.

Nachweise

S. 14 aus: Wilfred Owen: Dulce et decorum est. Dt. von Joachim Utz. In: Engl. und am. Dichtung in 4 Bänden, Band 3. München, C.H. Beck 2000, S. 127.

S. 19 f. aus: Ezra Pound: Hugh Selwyn Mauberley. Dt. von Eva Hesse. In: Engl. und am. Dichtung in 4 Bänden, Band 4. München, C.H. Beck 2000, S. 169-171.

S. 29 T.S. Eliot: Das Begräbnis der Toten. In: ders.: Gedichte. Dt. von Eva Hesse. Frankfurt a.M., Suhrkamp 1968, S. 37.

S. 33 Anthony Trollope: Septimus Harding, Spitalvorsteher. Dt. von Andrea Ott. Zürich, Manesse 2002, S. 356.

S. 33 f. Die Übersetzerin dankt Frank Freimuth für die freundliche Überlassung seiner Übersetzung des Gedichts von Countee Cullen.

S. 78 Erich Fromm: Die Kunst des Liebens. Dt. von Liselotte und Ernst Mickel. Zürich, Manesse 2012, S. 50.

S. 115 Emily Dickinson: Sämtliche Gedichte. Übers., komm. und mit einem Nachwort von Gunhild Kübler. Hanser, München 2015, S. 223.

S. 134 Langston Hughes: Harlem. Dt. von Eva Hesse. Engl. und am. Dichtung in 4 Bänden, Band 4. C.H. Beck 2000, S. 313.

S. 142 f. William Blake: The Clod and the Pebble (Der Lehm und der Kiesel). Dt. von Thomas Eichhorn. dtv, München 1996, S. 79.

S. 157 aus: Walt Whitman: »Ich sitze und schaue.« In: Grasblätter. Dt. von Jürgen Brôcan. München, Hanser 2013, S. 344.

S. 159 Walt Whitman, Da ich mit meinem Kopf ... Dt. von Erich Arendt. Reclam, Leipzig 1981, S. 249 f.

Die Übersetzerin dankt dem Deutschen Übersetzerfonds e. V.
für die freundliche Förderung ihrer Arbeit an diesem Text.

Bibliografische Information der Deutschen Nationalbibliothek

Die Deutsche Nationalbibliothek verzeichnet diese
Publikation in der Deutschen Nationalbibliografie;
detaillierte bibliografische Daten sind im Internet
über http://dnb.d-nb.de abrufbar.

www.wallstein-verlag.de

Vom Verlag gesetzt aus der Sabon
Umschlaggestaltung: Stine Wiemann
Druck: Pustet, Regensburg

ISBN 978-3-8353-3443-4